动物小说王国 · 沈石溪自选中外精品

DONGWU XIAOSHUO WANGGUO · SHEN SHIXI ZIXUAN ZHONGWAI JINGPIN

鸟儿的色彩

沈石溪 等◎著

CNS
PUBLISHING & MEDIA
中南出版传媒

湖南少年儿童出版社
HUNAN JUVENILE & CHILDREN'S PUBLISHING HOUSE

图书在版编目（CIP）数据

鸟儿的色彩 / 沈石溪等著.—长沙：湖南少年儿童出版社，2016.7
（动物小说王国.沈石溪自选中外精品）
ISBN 978-7-5562-2488-3

Ⅰ.①鸟…　Ⅱ.①沈…　Ⅲ.①儿童文学 – 中篇小说 – 小说集 – 世界
②儿童文学 – 短篇小说 – 小说集 – 世界　Ⅳ.①I18

中国版本图书馆CIP数据核字（2016）第128544号

NIAOR DE SECAI
鸟儿的色彩

总 策 划：吴双英　上海采芹人文化
执行策划：聂　欣　王慧敏
责任编辑：聂　欣　周倩倩
责任美编：陈　筠
特约编辑：李志鹏
特约校对：百愚文化
封面绘图：党龙虎
版式设计：采芹人装帧工作室　王　佳
　　　　　http://blog.sina.com.cn/cqrc666
质量总监：郑　瑾

出 版 人：胡　坚
出版发行：湖南少年儿童出版社
地　　址：湖南省长沙市晚报大道89号　　邮　　编：410016
电　　话：0731-82196340　82196334（销售部）　0731-82196313（总编室）
传　　真：0731-82199308（销售部）　0731-82196330（综合管理部）

经　　销：新华书店
常年法律顾问：北京市长安律师事务所长沙分所　　张晓军律师
印　　刷：湖南关山美印有限公司
开　　本：880 mm×1230 mm　　1/32
印　　张：8.75　　　　　　字　　数：150千字
版　　次：2016年7月第1版　　印　　次：2016年7月第1次印刷
定　　价：18.00元

漫议动物小说

沈石溪

　　全世界所有的少年儿童都喜欢动物，都对动物感兴趣。孩子通过和猫、狗、鸡、鸟、金鱼、蟋蟀等动物打交道，才从感性上逐步认清人类的价值和人类在地球上的位置。正由于少年儿童和动物这种天然的友谊，描写动物的作品才经久不衰，备受青睐。

　　可以说，动物小说是读者面最宽泛的儿童文学品种之一。但并非所有以动物为主人翁的文学作品都是动物小说，需要进行两种区别。第一，把不同种类的动物当作人类社会道德观念的形象符号，或当作不同类型人物的化身，让动物进入人类的生活形态，让动物开口说话，仅仅把动物自身的生活形态和行为动作当作点缀或趣味，这一类作品可称为寓言或童话。这类作品在儿童文学领域中当然有悠久的传统和不可替代的审美价值，但就体裁而言，似应与动物小说区分开来。第二，出于对生态平衡问题的关注，20世纪以来国外曾出现了一批风靡一时的动物文学作品，例如以民间传说作为蓝本进行再创作的、被誉为法国"动物史诗"的《列那狐》，奥地利作家亚当森写的《野生的爱尔莎》，加拿大作家乔治·斯汤弗尔德·别兰尼写的《消逝的游猎部落》，法国作家黎达·迪尔迪科娃写的《跳树能手》，美国作家理查德·阿特沃特夫妇写的《波珀先生的企鹅》，等等。这些作家长年累月在野外考察，获取了野生动物生活习性的第一手资料，作品别开生面，至今仍闪烁着灿烂的艺术光辉。但就分类而言，可以将其划入动物故事或动物传记文学。这类实录性作品虽然是以动物为主人翁，着力描绘动物的生活形态和行为动作，其中也不乏精彩的心理描写，但总体上说，是以知识性和趣味性见长，基本上都是站在人类的叙述角度对动物进行外部观察和命运追溯的。虽然在客观描述动物世界时能给人类社会以有趣、有益的联想，但这种联想总的说来松散而广义，缺少冲击力。

我自己认为，严格意义上的动物小说似应具备如下要素：一是严格按动物特征来规范所描写角色的行为；二是深入动物角色的内心世界，把握住让读者可信的动物心理特点；三是作品中的动物主角不应当是类型化的而应当是个性化的，应着力反映动物主角的性格命运；四是作品思想内涵应是艺术折射而不应当是类比或象征人类社会的某些习俗。

从这个角度说，美国作家杰克·伦敦是动物小说的鼻祖。他的《野性的呼唤》写一条名叫贝克的狗目睹人世间的冷酷无情，最后在荒野狼群的呼唤下逃入了森林，变成了狼。他的《白牙》写一条狼在主人体贴周到的驯化下克服了野性，最后变成了狗。他的另一部短篇佳作《狂狼》则写动物在高强度的生存压力下野性本能会冲破束缚占据上风。这三部作品都从动物的特性着眼结构故事，对动物行为的自然动机观察入微，蕴含着深刻的哲理，且没有将动物拟人化的痕迹，堪称真正的优秀的动物小说范本。

我国新时期儿童文学百花竞放，在宽松和谐的大背景下，动物小说也取得了令人刮目相看的成就，出现了《小狐狸花背》《冰河上的激战》《七叉犄角的公鹿》等一批脍炙人口的作品。这些作品从动物的自然习性出发来构思情节，汲取了科普文学的长处，保持了"故事"这一文学体裁的优势，颇受小读者的欢迎。但总的来说，动物小说在我国还处在从无到有的雏形阶段，正在曲折而顽强地提高和成熟。

假如没有动物，人类将活得很孤独，地球就显得太寂寞。动物是人类的一面镜子，人类所有的优点和缺点，几乎都可以在不同种类的动物身上找到原型。比如善良，可以和白兔画等号；比如温柔，可以和绵羊画等号；比如勤奋，可以和工蜂画等号；比如残忍，可以和豺狼画等号；比如狡诈，可以和狐狸画等号；比如好斗，可以和蟋蟀画等号……文学虽然是人学，但人类本身就是从动物进化来的，至今或多或少地保留着某种动物性。由此，文学殿堂似乎应当容许动物也位列其中，占据一个小小的位置。

人们写东西一般都是从人的角度去看人，即使一些以动物为主角的作品，也是从人的角度去理解动物。这当然不失为一种明智的写法。但反过来从动物这个特殊的角度去观察体验人类社会，或许会获得一些新鲜感觉。现代动物小说很讲究这种新视角，即让动物去思考去感受，去叙述故事去演绎情节。人看人是一个样，动物看人又是一个样；人讲故事是一个样，动物讲故事又是一个样。诚然，作家是人而非动物，写小说使用的也是人类的语言符号和思维习惯，很难摆脱人类社会既成的道德规范和是非标准，似乎永远也突破不了人在审视动物、人在描写动物这样一个既定格局。但是，众多的科学家在荒山雪域及丛林地带对野生动物的生活习性进行考察，积聚了大量珍贵的研究资料。随着生物学家在实验室对动物标本进行越来越精细的解剖分析，人类对动物的认识愈加深化，作家在创作中能依据科学发现，运用严谨的逻辑推理和合情合理的想象，模拟动物的思维感觉进行叙述。在动物小说中动物的思维感觉把握得越准确，真实感就越强烈。

就题材而言，动物小说大致可归纳为两大门类：第一类是专写动物与人之间的感情关系的作品。或写动物对主人的忠贞，或写主人对所豢养的动物的误解与造成的委屈，或写人类与动物的相互依存、相互利用，或写人性战胜兽性，或写兽性泯灭人性。这类题材的长处是作品中往往浸透了悲剧气氛，弥漫着爱与恨的强烈情绪，容易打动人心，读者还能凭借自己与动物交往的经验参与创作。弱点是，国内外描写人和动物关系的作品数量众多，却很难跳出动物知遇报恩、人性和爱感化了野性等窠臼，尽管可以在写作手法上花样翻新，但总给人一种炒冷饭的感觉。第二类是以动物为本体进行创作，不牵涉人类或仅把人类当作陪衬与点缀的作品。动物世界是个色彩斑斓的世界，特别是那些具有群体意识的哺乳类动物，和人类一样，也有爱和恨，也有错综复杂的"人际"关系，在弱肉强食、生存竞争的丛林背景下，也活得相当累。这些动物和它们的生活完全有资格进入小说家的创作视野，构成有独特韵味的作品。这类描写纯动物的小说目前还比较少见，是一块可供作家随意开垦的土地。

动物小说先天具有知识性、趣味性和传奇性的优势，十分适合求知欲旺盛的少年读者的阅读胃口。因为描写的对象是动物，禁忌就要少些，人类社会某些不能披露也不忍触及的东西在动物身上就能理直气壮地反映出来，即使写歪了动物也不会来抗议纠缠。这比写人要方便多了。作家从动物身上折射出人性的亮点和生命的光彩，在动物王国中寻觅人类在进化过程中失落的优势，或指出人类在未来征途上理应抛弃的恶习。从这个意义上说，动物小说也是一种寓教于乐的文学，可以起到使少年儿童在对比中懂得如何做一个真正意义上的人的教育作用。不仅如此，动物小说由于经常接触到生与死这个主题，与生命有一种内在关联，也会被成年读者所接受。特别是那些以动物为视角所写的作品，开掘出一个新的审美层次，也会引起成年人的阅读快感。老少咸宜，童叟无欺，这是一种"两栖类"文学作品，或者说是一种有超越价值的儿童文学。

但愿动物小说这朵奇葩在文学百花园中能昂首怒放。

目录 **Contents**
鸟 儿 的 色 彩 . . . .

山鹰金蔷薇　沈石溪…………………………1

鸟儿的色彩　〔印度〕拉迪卡·贾……………71

进入城市的牧犬　牧　铃……………………85

白驯鹿的传说　〔加拿大〕西　顿……………109

夜　兽　〔苏联〕维·比安基……………………125

老虎！老虎！　〔英国〕吉卜林………………137

野性的呼唤（节选）　〔美国〕杰克·伦敦……163

后　记

闯入动物世界　沈石溪………………………254

山鹰金蔷薇

沈石溪

1

金蔷薇收起翅膀停栖在悬崖的一块鱼尾状岩石上，望着百米开外那棵苍劲葱郁的金钱松，紧张得心弦几乎就要绷断了。

金蔷薇是生活在日曲卡雪山一带的梅里山母鹰，那棵生长在石崖间枝丫曲如虬髯的老松树，就是它的家，家里有两只已出壳十几天的雏鹰。

此时此刻，鹰巢里正在上演一场手足相残的悲剧。那只早出生两天名叫金追的哥哥鹰用脑袋顶住那只名叫蓝灿的弟弟鹰，用力往巢外推。弟弟鹰蓝灿虽然竭力抗争，但毕竟晚出生两天，体小力弱，在哥哥鹰金追连续不断的顶撞下，被迫从巢中央往巢边缘一点一点退去。盆形鹰巢在两根丫字形树枝的交会点上，用细树枝和草丝做成，结构松散，面积与一顶大草帽差不多；鹰巢凌空搭建，是典型的高空建筑，底下是几十米深的深渊。很快，弟弟鹰蓝灿就被顶撞至鹰巢边缘，小半个身体被挤出鹰巢，就像风雨中飘摇的一片树叶，处于摇摇欲坠的危险境地。

两只雏鹰，眼睛睁开没几天，淡灰色的绒羽才刚刚盖满脊背，赤裸的肚皮上还没长出腹毛，就展开了一场血淋淋的生死角逐。

这个时候，只要母鹰金蔷薇扑扇翅膀飞过去，用喙或爪子将正在行凶的哥哥鹰金追拨拉开，就能及时制止这场血腥的窝里斗。作为母亲，它完全有能力、也有责任去抑强扶弱，阻止哥哥鹰金追的暴虐行为。可令人诧异的是，金蔷薇却默默地站立在百米开外的岩石上作壁上观。

它有苦衷。

梅里山鹰是滇北高原稀有鹰种。从远古时代起，就形成了这样一种汰劣留良的竞争机制：母鹰每一茬繁殖周期产两枚卵，孵化出两只雏鹰。小家伙出壳半个月左右时，受遗传密码的驱使，它们之间就会爆发一场生死对决，互相用身体冲撞，力气大的那只雏鹰会将另一只力气小的雏鹰从鹰巢里挤出去，从而独霸父母的宠爱和食物。可以这么说，一只梅里山雏鹰存活了，就意味着另一只梅里山雏鹰夭折了，每一只梅里山鹰都是踩着同胞的尸骨成长的。

动物学家解释说，梅里山母鹰之所以每次产两枚卵，是为了增加雏鹰出壳的保险系数，降低天灾人祸所带来的风险，就像人类足球队必须准备替补队员一样，确保繁殖不会落空；梅里山鹰之所以保留血淋淋的种内竞争，是因为雪域高原气候太恶劣了，食物匮乏，生存不易，一对夫妻鹰很难同时养活两只雏鹰，不得已只好去一保一，做一道 2-1=1 的算术题。这样做附带的好处是，存活下来的那只雏鹰，从小就接受的生与死的考验、血与火的洗礼，会促使它变得更雄壮、更强悍、更凶蛮、更霸气十足，当然也就更有利于它在日曲卡雪山这样艰苦的环境中生存下去。

很难说这样的解释是正确的还是错误的。

对金蔷薇来说，此时它正在遭受蚀骨剜心的痛苦。两只雏鹰都是它含辛茹苦孵化出来的心肝宝贝。俗话说，手心手背都是肉，作为母亲，从内心讲它是不希望发生手足相残的悲剧的，如果能让它选择的话，它当然希望两只雏鹰能和睦相处一起平安长大。可是，它有能力去改变梅里山鹰特有的行为准则吗？在金蔷薇的记忆中，曾经有过母爱特别强烈的鹰，不忍心看着自己某个孩子死于非命，就出面干涉以大欺小、以强凌弱的窝里斗，可最终的结局似乎都不大妙。那只名叫豆蔻的母鹰，在两只雏鹰生死角逐之际，动用母亲的权威，严禁它们互相搏杀。可两个月后，雏鹰身上长出了硬羽，娇嫩的婴儿鹰变成了半大的少年鹰。

　　有一天上午，豆蔻与它的先生一起飞往尕玛尔草原觅食，两只少年鹰突然就在窝里争执起来，它们的力气比刚出壳半个月时大多了，你啄我，我撕你，扭成一团。结构松散的鹰巢无法承受如此猛烈的打斗，哗啦一下散了架，两只少年鹰一起从鹰巢中摔落下去。本来想做一道 1+1=2 的加法，无奈成了 2-2=0 的减法。还有那只名叫莱凝的母鹰，仗着丈夫是只出类拔萃的精品雄鹰，决心要创造奇迹将两只雏鹰同时养大。为了阻止它们相互斗殴，它在同一棵树的另一根枝丫上搭建了一个副巢，两个巢彼此相距七八米远。哈，分巢抚养，把你们隔开，看你们还怎么打斗。这一招开始时果然灵验，两只雏鹰除了各自站在巢里互相嘶叫谩骂外，身体无法接触，当然也就想打也打不起来了。

　　一晃四个月过去了，两只鹰翅膀渐渐长硬，已到了能飞翔的时候，那天下午，当莱凝同丈夫一起外出觅食时，其中一只发育得更快些的鹰突然就摇扇翅膀飞了起来，能飞起来的鹰飞向的第一个目标就是七八米远的那个副巢，它凭借着自己能飞而对方还不能飞的明显优势，撕毁鹰巢，将自己的手足从高高的悬崖上摔了下去……莱凝搭建一个副巢的良苦用心，并没能有效阻止你死我活的窝里斗，只是推迟了发生悲剧的时间而已。

虽然金蔷薇很想飞过去救弟弟鹰蓝灿，但它犹豫着没敢贸然采取行动。它是个单身母亲，在它刚刚将蓝灿孵化出壳时，它的丈夫蓝嘴钩在尕玛尔草原捕捉一只狼崽时，不慎被母狼咬伤死了。豆蔻和莱凝都是有丈夫的母鹰，夫妻联手尚且不能阻止兄弟阋墙，它一个死了丈夫的寡妇鹰，又有什么能耐去改变手足相残这个严酷的现实呢？

罢罢罢，它们小小年纪就要生死相搏，那就随它们去吧。

2

弟弟鹰蓝灿在鹰巢边缘蠕动，似乎感觉到了坠落的危险，忙掉转方向拼命想爬回巢中央去。哥哥鹰金追撑开稚嫩的翅膀，竭尽全力进行拦截。就像顶牛一样，两只雏鹰头顶头、翼顶翼、胸顶胸，使出吃奶的力气——不不，鹰非哺乳动物，是没有吃奶这一说的——准确地说应该是使出孵化出世蹭破蛋壳的那股子劲，互相挤撞。它们都还是连站都站不稳的婴儿鹰，只是靠胸脯的力量才勉强在鹰巢里慢慢蠕动。可让金蔷薇感到惊讶的是，它们打斗起来劲头却大得像两条疯狗。

在针尖对麦芒式的顶撞中，它们的身体渐渐伸直，一门心思要把对方压倒，不是东风压倒西风，就是西风压倒东风，谁也不肯退让丝毫。哥哥鹰金追毕竟早出生两天，体大力不亏，啪地一下将弟弟鹰蓝灿压翻了，金追半骑在蓝灿身上，不断用喙啄咬蓝灿的脖子，就像在拉一根有弹性的缰绳，强迫蓝灿往鹰巢边缘退却。转眼间，蓝灿的小半个身体又越出了巢的边缘。蓝灿拼命挣扎，想重新缩回巢中央，但金追用喙狠狠击打它的脖颈，坚决不给它转身的机会。

金蔷薇心里明白，体小力弱的蓝灿是无法抵挡金追如此猛烈的攻击的，顶多需要三分钟时间，蓝灿就会从鹰巢里坠落下去，变成一颗陨落的流星。它也知道，此时此刻它应当振翅远飞，离开这个让它揪心的地方。它可以飞到尕玛尔草原去觅食，眼不见心不烦，等它回来时，手足相残的悲剧已经落幕，鹰巢里只剩下金追，它只能接受这样的事实，将原本分作两份的爱合二为一聚到金追身上。它继续待在这里，也是于事无补，徒增悲伤而已。走吧，它抖抖翅膀，准备飞翔了。

百米开外的鹰巢里，搏杀还在继续。金追用喙攻击蓝灿的眼睛，蓝灿害怕被啄伤眼珠不得不闭起眼睛，胡乱爬行躲避，没了方向感，昏头昏脑地往巢外挪了两步，在鹰巢边缘徘徊，随时都有掉下去的危险。金追仍不依不饶地啄咬，凶狠得就像一个小屠夫。

金蔷薇实在没勇气再看下去，摇扇翅膀起飞了。既然悲剧无法避免，那就只好听之任之了。它心情沉重，飞得缓慢。它想，它应当头也不回地往尕玛尔草原飞。刚飞出几十米远，突然，它听到一声尖叫。那是细微的叫声，夹杂在呼啸的山风中，细如游丝，若有若无，对金蔷薇来说，却极具穿透力，像钢针刺进它的心。它忍不住打了个哆嗦，它晓得，这是弟弟鹰蓝灿发出的叫声。它想，它已经决定飞往尕玛尔草原觅食，就不应该再回头去看的，它应当加快速度飞，再飞得远一点，就听不见让它心惊肉跳的叫声了。可身体仿佛不听大脑的使唤了，迎面刮来一股劲风，它的翅膀似乎抵挡不住风的力量，哧溜就来了个一百八十度大转弯。本来它是背着巢飞翔的，此时变得面朝着巢飞翔了。

它看到了最恐怖的一幕：蓝灿大半个身体都翻出鹰巢，两只细细的爪子抓住鹰巢边缘的一根树枝，小家伙肯定是意识到了坠崖的危险，眼睛因极度恐惧而睁得溜圆，爪子死死抓住树枝不放，就像在练习引体向上似的，两只柔弱的翅膀瑟瑟颤抖，身体拼命向上挣动，嘴里发出叽叽惊叫。可恶的哥哥鹰金追，好像天生就有歹毒心肠，神情亢奋地站在巢里，不停地用喙击打蓝灿的脑壳，大有不将蓝灿推下悬崖去誓不罢休的想法。照这样下去，悲剧有可能在瞬间发生。或者蓝灿抵挡不住金追的啄咬，疼痛难忍，想挪动位置躲避而一失足成千古恨；

或者蓝灿细细的爪子无法长时间抓牢树枝，因气力不支无奈松开爪子坠落深渊；或者那根树枝支撑不住蓝灿身体的重量，啪的一声折断，蓝灿连同那根树枝一起笔直地坠落下去……蓝灿小小的生命就要画上句号了啊……金蔷薇在空中盘旋，俯瞰自己巢内正在上演的血腥打斗，不知道该如何是好。

就在这时，哥哥鹰金追突然改变攻击目标，用身体去撞击那根承载蓝灿身体的树枝。鹰巢结构松散，树枝间没用东西粘连，在金追的撞击下，树枝咔嚓一声，往下一沉，眼瞅着就要断裂了。蓝灿的身体也跟着往下一沉，"叽——"蓝灿发出撕心裂肺般的哀鸣。金蔷薇的心也剧烈地往下一沉。也许是看到正在鹰巢上空盘旋的金蔷薇的身影，蓝灿在向妈妈乞求保护；也许是命悬一线时一种渴望救援的本能反应，蓝灿的喙翘向天空，那金蓝色的喙在阳光下泛着耀眼的光亮。刹那间，金蔷薇心里仿佛有一股热流在激荡，再也控制不住自己的感情，唰地半敛翅膀，一头扎了下去。

金蔷薇要救蓝灿，不为别的，就为了小家伙那与众不同的喙。

粗看梅里山鹰，似乎都是一个模子里刻出来的，弯钩状锐利的喙，琥珀色流光溢彩的鹰眼，深褐色强有力的翅膀，镶嵌着白条纹的尾羽和紫红如树皮般的脚爪。可如果用心仔细观察的话，就会发现，每一只梅里山鹰都是不一样的，各有各的长相和特征。

譬如金蔷薇，其他鹰的腿羽呈淡褐色，而它的腿羽却呈金黄色，当它展翅飞翔时，腿羽蓬松如绽开的蔷薇花。再譬如哥哥鹰金追，刚刚长出绒毛的羽翼上，有两道不规则的金色斑纹，完全可以预言，当它能够翱翔蓝天时，那羽翼间两道金色斑纹犹如闪电在天空划过。而弟弟鹰之所以起名叫蓝灿，是因为那别致的喙。其他鹰的喙，一般都是黄颜色的，绛黄、土黄、杏黄、金黄等，总是以黄色为主基调，所以日曲卡雪山一带的牧民习惯将梅里山鹰叫作黄嘴鹰。弟弟鹰的喙却是金蓝色的，就像孔雀翎那么鲜艳华丽，这在梅里山鹰里是十分罕见的。这当然是遗传基因所造就的。金蔷薇的丈夫，那只名叫蓝嘴钩的雄鹰，就长了金蓝色的喙。每个物种都有自己独特的审美价值。

从鸟的身体结构来说，喙位置在最前端，两只鸟在树枝上相对而立，首先看到的就是对方的喙，因此喙的形状和色泽在鸟类的择偶活动中具有不可替代的重要意义。梅里山鹰的喙的形状大致分四类：圆弧状、尖弧状、尖锥状和鱼钩状，最次是圆弧状，最佳是鱼钩状。喙的颜色也大致分四类：土黄、杏黄、金黄和金蓝，下品是土黄，上品是金蓝，依次排序。事实上，鹰的喙的形状和颜色不仅具有审美功能，而且与其身体状况和狩猎能力是密切相关的。圆弧喙，难保胃；尖弧喙，食杂碎；尖锥喙，吃鸡腿；鱼钩喙，啄兔崽。喙土黄，病慌慌；喙杏黄，跳蚤狂；喙金黄，体健康；喙金蓝，子孙壮。金蓝色鱼钩喙，无疑就是鹰中的极品了。

所以，当春暖花开时节，还是姑娘鹰的金蔷薇第一次见到蓝嘴钩时，视线就像遇到磁石似的被对方那魅力四射的喙吸引住了，从眼睛到内心，爱情的种子迅速发芽，有一种一见钟情的感觉。当蓝嘴钩在它面前跳起求爱舞蹈，做出想要与它成为并蒂莲、连理枝的姿态时，它毫不犹豫地答应了。

实践证明它的眼光很准，蓝嘴钩不仅具备高超的狩猎本领，还是一位非常称职的丈夫和父亲。"两人"世界时，当夫妻比翼双飞外出觅食，遇到殊死反抗的兔或有母羊看护的羊羔，都是蓝嘴钩率先发起攻击，把安全留给妻子，把危险留给自己。寒意袭人的夜晚，蓝嘴钩会撑开宽大的翅膀，让它躲在羽翼下，给它无限的柔情和温暖。当它产下两枚宝贝蛋后，每逢刮风下雨，蓝嘴钩厚实的背就是为宝贝蛋遮风挡雨的伞。当它开始抱窝时，蓝嘴钩便独自挑起外出觅食的重担，在漫长的一个多月的孵卵期，雾雨雷电，无论天气如何恶劣，蓝嘴钩也会想尽办法捕获猎物，从没让它挨饿。更难能可贵的是，每次蓝嘴钩将猎物带回鹰巢，都先让它啄食，在它啄食猎物时，蓝嘴钩便会小心翼翼地蹲到两枚蛋上去，学着母鹰抱窝的模样孵卵……在山鹰社会，这样的好丈夫、好父亲，真是打着灯笼也难找啊。

可以这么说，从组建家庭的这天开始，金蔷薇对蓝嘴钩的爱便与日俱增，真心诚意地想和蓝嘴钩永相厮守，白头偕老，做一辈子夫妻。

遗憾的是，就在弟弟鹰蓝灿出壳的那天，发生了让这对感情笃深的山鹰伉俪阴阳相隔的悲剧。

3

蓝嘴钩死得非常壮烈。

那是一个大雾弥漫的日子，漫山遍野塞满了浓得像牛奶的白雾。对梅里山鹰来说，不怕刮风不怕下雨不怕下雪也不怕落冰雹。暴风再猛烈，鹰强有力的翅膀也能在疾风中自由翱翔；雨下得再大，羽翼上那层油质薄膜也能有效抵御雨水侵袭；鹅毛大雪漫天飞舞，鹰也能在雪中飞行；即使落冰雹，也伤害不到鹰强健的身体。可以这么说，梅里山鹰是能全天候飞翔的猛禽。最让鹰畏惧的是大雾天气。

山鹰非鹫，鹫靠啄食腐尸为生，山鹰以捕捉活物为生。山鹰的狩猎程序大致是这样的：山鹰在高空巡飞，发现地面或空中的猎物，就扑过去，用遒劲的鹰爪抓住正在逃窜的猎物。在狩猎的一连串环节中，第一个也是最关键的环节就是发现猎物，只有首先看见了猎物，才谈得上追击、搏杀和攫抓。山鹰的视线堪称一绝，比人类强多了，在千米高空可以清晰地看见地面草丛里跳跃的灰兔，但无法穿透浓雾，所以遇到浓雾天气，山鹰往往就会饿肚子。

这是一场百年不遇的大雾，已经持续两天两夜了，雾罩山峦草原，雾锁日月星辰，天地一片混沌。

蓝嘴钩两天没出去狩猎，金蔷薇两天没吃到食物，饿得头昏眼花。对鸟类而言，抱窝是劳心费神的沉重苦役，不亚于人类的十月怀胎。为了持续不断地向宝贝蛋输送热量，四十来个日日夜夜里，母鹰要一动不动地趴在窝里，须臾不敢离开。更辛苦的是，为了让宝贝蛋受热均匀，平安出壳，母鹰隔一段时间就要轻轻翻动宝贝蛋，尤其是在湿冷的夜晚，母鹰几乎隔十分钟就要翻动一遍腹下的蛋，很难睡个囫囵觉。一茬窝抱下来，母鹰往往会因为体力严重透支而骨瘦如柴。

这个时候，哥哥鹰金追已经出壳两天了，不时地张开黄嫩小口嗷嗷叫着要东西吃，弟弟鹰蓝灿正在努力蹬破蛋壳想钻出来。金蔷薇又气又急，冲着蓝嘴钩发出埋怨的啸叫：亏你还是有"天之骄子"美誉的雄鹰，看着老婆和刚出壳的雏鹰挨饿不管，却蹲在树杈上偷懒！它埋怨的啸叫刺激了蓝嘴钩的自尊心，只见蓝嘴钩呀地发出一声尖叫，摇扇翅膀飞离金钱松，一头扎进浓雾中去了。

一个小时过去了，不见蓝嘴钩回来，金蔷薇焦急地在等待；两个小时过去了，还不见蓝嘴钩回来，金蔷薇翘首盼望；三个小时过去了，仍不见蓝嘴钩回来，金蔷薇望眼欲穿。

一直等到下午，天渐渐要暗下来了，还见不到蓝嘴钩的身影，金蔷薇心急火燎，坐卧不安。蓝嘴钩会不会找不到食物，无颜回巢见妻儿，索性远走高飞了呢？它想，也许蓝嘴钩承受不了沉重的生活压力，背叛爱情和家庭，做了生活的逃兵，飞往天涯海角去当快乐的单身汉了。哟哟，什么雄鹰啊，明明就是个不负责任的窝囊废嘛！

它正在胡思乱想，突然，寂静的天空传来噼啪噼啪翅膀振动的声响。它瞪圆双眼循声望去，不一会儿，乳白色的浓雾间，出现一个若隐若现的黑影，随着距离的拉近，黑影渐渐清晰，金蔷薇看清楚了，哦，是蓝嘴钩回来了！哈，蓝嘴钩的爪子抓着一只毛茸茸的猎物，满载而归。

但让它觉得奇怪的是，蓝嘴钩双翼的摇扇比平时慢了许

多，那雾似乎变成黏稠的液体，每

摇扇一次翅膀都显得那么吃力。

猎物不太大，因为隔得远看不

清究竟是什么，也就类似一

只松鼠，最多也不过五斤

重，而雄鹰的抓飞能力，

能将十多斤重的小

羊羔从数公里外

直接带回鹰巢来。

按蓝嘴钩的体魄，

带这么一只猎物是不

应该飞得如此忽高忽低、歪歪扭扭的。

　　更让它诧异的是，蓝嘴钩在飞到距离金钱松约百米时，也不知怎么一回事，身体突然往下沉，就像不会泅水的人往水底沉一样，呼啦沉下去十几米，呼啦又沉下去十几米。本来蓝嘴钩是在略高于金钱松的位置飞行的，刹那间便落到半山腰去了。金蔷薇不知道发生了什么，从鹰巢里探出脑袋往下看，蓝嘴钩忽上忽下地在浓雾中沉浮。金蔷薇心里突然冒出个不祥的预感：莫不是……

　　它跨出鹰巢想飞到蓝嘴钩身边看个究竟，就在这时，蓝嘴钩骤然爆发出雄鹰搏击长空的气势，僵硬的翅膀恢复了活力，大幅度地急遽摇扇，石头般沉重的身体变得轻盈，扶摇直上，很快从半山腰飞升到金钱松的上方，可降落时的姿势却让金蔷薇感到一阵恐惧。

正常情况下，成年山鹰一只爪子攫抓猎物，仍可以在翅膀和尾翼的帮助下用另一只爪子平稳降落，俗称单爪栖枝。可蓝嘴钩却是扑倒在一根枝丫上，全身羽毛零乱，靠两片翅膀支撑旁边的树枝，才勉强没跌落下去。毫无疑问，这是非正常降落。

它急忙将视线投向蓝嘴钩的脚爪，心痛得差点晕死过去，丈夫的右爪还紧紧抓着猎物，左爪却少了一截，膝盖以下部分不见了，白骨露出，鲜血涌滴，身体犹如寒风中的枯叶瑟瑟发抖，且越抖越厉害，抖得连金钱松的整个树冠都跟着在颤巍巍地摇晃了。

金蔷薇赶紧去接蓝嘴钩带回来的猎物，这才发现，蓝嘴钩带回来的竟然是只还在吃奶的狼崽子！

金蔷薇望着已经窒息的狼崽，不难想象蓝嘴钩惊心动魄的狩猎经历。

早晨，在金蔷薇的埋怨声中，蓝嘴钩飞往尕玛尔草原觅食。大雾弥漫，为了能找到猎物，它贴着树梢在低空飞行。虽然能勉强看清地面的动静了，但因为飞得低视野变得十分狭窄，只能笨拙地一块地面一块地面地寻找。遗憾的是，辛苦了几个小时，却仍一无所获。

眼瞅着天色就要暗下来了，蓝嘴钩差不多快要绝望了，就在这时，它透过薄雾蓦然发现一只母狼正带着四只还在吃奶的幼崽在一片小树林里玩耍。在日曲卡雪山，鹰是天之骄子，狼是地之精灵。狼凶猛顽强，足智多谋，富有团队精神，成年狼为保护幼崽不惜牺牲生命。动物都有趋利避害的本能，不到走投无路，鹰不会主动去招惹狼的。然而，蓝嘴钩发现狼的一瞬间，鹰尾猛翘，立即俯冲下去。天气如此恶劣，它深爱着的正在抱窝的妻子已经两天没有进食，还有一只出壳两天的雏鹰和一只即将出壳的雏鹰亟待喂养，它没有别的选择。它是一只对家庭很有责任心的雄鹰，为了妻子儿女，它愿意用生命去赌一把。

狡猾的母狼已经感知到来自天空的威胁，正用叫声将四只狼崽引往一个幽暗的石洞。鹰的速度当然比狼快，当蓝嘴钩俯冲到距离地面还有一点距离时，四只狼崽正鱼贯往狭窄的石洞钻。有一只狼崽已钻进洞去，还有三只狼崽在洞口，母狼正全神贯注地护送狼崽进洞。蓝嘴钩向落在最后的一只狼崽扑了下去。

它心存侥幸地想，母狼要看护三只尚未进洞的幼崽，是有可能犯顾此失彼的错误的，自己是从母狼背后俯冲下去的，凭着高超的狩猎技术，只需一秒钟，它就可揪住狼崽的脖子海底捞月般将狼崽抓上天空，母狼听到动静转身扑咬，它早已飞升到母狼可望而不可即的高度了。于是，它闪电般向那只落在最后的狼崽伸出鹰爪。它的动作干脆利索，鹰爪掐紧狼崽脖子的一瞬间，尾翼舵似的折转，昂首挺胸，翅膀猛拍，在低空画出一道优美的弧线，身体笔直向上蹿升。

遗憾的是，母狼的反应比它想象的更敏捷，母狼仿佛后脑勺也长着眼睛似的，在它伸爪抓狼崽的一刹那，母狼便转身扑蹿过来，用"转身扑蹿"四个字远不足以形容母狼的灵巧与矫健，狼尾一甩，狼头一摆，还没看清是怎么回事，母狼已完成转身动作并腾地跃起像股飓风扑了上来。它只觉得左爪一阵剧痛，身体突然变得无比沉重，有股巨大的力量把它往地面拽，低头一看，是母狼咬住了它的左爪。它晓得，自己一旦被母狼拽回地面，就会变成任狼宰割的死鹰，因此拼命拍扇翅膀，竭力想把母狼往空中提；而母狼救崽心切，当然也清楚只有将鹰拖回地面才能成功解救狼崽，因此咬住鹰爪拼命往地下拉。就这样出现了一场生与死的拔河比赛。母狼身体悬空，离地面几十厘米，双方势均力敌，僵持住了。

狼牙锐利，又恰好咬在膝盖处，蓝嘴钩只觉得腿部一阵撕裂的痛楚，只听唑的一声轻响，向下拉扯的力量突然消失了，它的身体急速向上升。它朝地面瞄了一眼，母狼仰面朝天跌倒在地，狼嘴里还衔着半截鹰爪。哦，它的左爪被母狼咬断了，它才得以腾空脱险。唯一有点安慰的是，那只狼崽还在它的爪间扭动。

实践证明，狼是地之精灵，捕捉狼崽的风险远远高于收益。

它带着狼崽往家飞。刚才一番激烈的搏杀，它已累得筋疲力尽。更严重的是，伤口鲜血涌滴，一路洒着血花。它咬紧牙关往悬崖上那棵金钱松飞去。它的血在慢慢流干，它头晕目眩，两只翅膀沉重得就像灌满了铅。途中好几次，它都想停在树梢或岩石上歇歇脚，可它晓得，它一旦停下来，就不可能再有力气飞起来了。大雾天气，觅食不易，它一定要把狼崽带回鹰巢去。它只有一个信念：把食物带回家，给濒临饿死的妻儿生的希望。

终于，它飞临那棵金钱松了，以往，它都会居高临下以一种优雅的姿势俯冲降落，然而今天，它的翅膀变得僵硬，无论怎么努力，身体都在往下沉。它晓得自己的生命快走到尽头了，让它担心的是，如果就这样掉下去，悬崖很深，又塞满了浓浓的雾，妻子金蔷薇恐怕不容易找回狼崽，或者悬崖下的其他食肉兽抢在金蔷薇前头捡走狼崽，岂不是糟蹋了吗？它用最后一点力气，拼命摇动双翼，终于飞升到金钱松树冠的高度，扑倒在枝丫上，成功地将狼崽运送到家……

蓝嘴钩挂在枝丫间，血似乎已经流干，神情麻木得就像一个标本。

刚巧这个时候，弟弟鹰蓝灿用稚嫩的喙在蛋壳上啄开了个小洞，伸出晶莹剔透的金蓝色嘴壳。雏鹰要出壳了，又一个小生命要诞生了。金蔷薇看见，蓝嘴钩一双布满血丝的眼睛死死盯着正在努力从蛋壳里往外钻的弟弟鹰，死死盯着那与众不同的金蓝色小嘴壳，突然，蓝嘴钩美艳绝伦的金蓝色鹰嘴张开了，脖颈挺直似乎想发出啸叫，但迟迟叫不出声来，噗，鹰嘴吐出一口鲜血，它就从金钱松上一头栽落下去。

那不是鹰的坠落，自始至终蓝嘴钩都没有摇动翅膀，就像块无生命的石头一样笔直坠落下去。牛奶似的浓雾遮挡了金蔷薇的视线，等了好一阵，悬崖下才传回物体砸地的轻微声响。

就在蓝嘴钩喷吐鲜血从金钱松上栽落下去的一瞬间，鹰巢里蛋壳破裂，弟弟鹰顺利出壳了。

蓝嘴钩就像一颗流星，在消逝前发出璀璨的光华。

这场百年罕见的大雾持续了整整四天，要是没有狼崽充饥，它金蔷薇和两只雏鹰肯定会成为荒野"饿殍"。毫无疑问，是蓝嘴钩牺牲了自己拯救了全家。

最让金蔷薇刻骨铭心的是，蓝嘴钩在生命的最后时刻，朝着即将出壳的蓝灿张嘴欲叫，却未能叫出声来，而是喷出一口鲜血，金蔷薇感觉到，那是血写的寄语，含有临终托孤的意思。金蔷薇甚至觉得，蓝嘴钩气绝身亡和蓝灿破壳而出发生在同一瞬间，这绝非时间上的巧合，而是生命链条的天意连接——蓝嘴钩没有死也不会死，蓝灿就是蓝嘴钩生命的延续、复活和再生。

无论如何，它不能让蓝灿死于非命。

4

好险哪，金蔷薇降落鹰巢，蓝灿已经翻出巢去，身体倒悬在鹰巢下，只有两只细嫩的爪子抓住一根小树枝。刚出壳仅十几天的雏鹰，一旦倒悬树枝上，支撑不了几秒钟，就会被强劲的风吹落下去。

它撑开一只翅膀，托住蓝灿的背将小家伙送回巢内，哥哥鹰金追见自己好不容易驱逐出去的弟弟鹰蓝灿又回来了，显得很生气，背上那撮淡褐色的绒羽像怒放的花朵一样恣张开来，像个好斗的蟋蟀似的又跌跌撞撞爬将过来，用稚嫩的喙和翅膀来驱赶蓝灿。金蔷薇生气地一脚爪将哥哥鹰从蓝灿耳边拨拉开。金追还不肯罢休，仍吱吱叫着要向蓝灿发起攻击，金蔷薇火从心头起，甩动嘴壳，不轻不重地在金追身上拍打一下。金追肚皮朝天翻倒在地，委屈地吱呀吱呀直叫。金蔷薇又用脚爪将金追蹬到鹰巢边缘，让小家伙半个身体悬在巢外，只要再轻轻推一把，就会从鹰巢里坠落下去。哥哥鹰意识到了危险，吱呀吱呀发出恐惧的尖叫。哦，你也知道害怕，你也不愿掉进深渊，那你就该收敛凶残和霸道，自己活，让弟弟鹰也活，兄弟和睦！金蔷薇向哥哥鹰发出严厉警告，小家伙还算知趣，闭合背上那撮淡褐色的绒羽，蜷缩到鹰巢另一侧的角落里去了。

金蔷薇当然知道，绝不会因为它的一次教训和呵斥，哥哥鹰就放弃驱逐弟弟鹰。金追是因为害怕被它踢出鹰巢，这才被迫妥协的。只要它不在跟前，小家伙立刻就会故技重演，向蓝灿发起致命的攻击。它是单身妈妈，它不可能时时刻刻待在家里监视哥哥鹰，天上不会掉馅饼，它必须出去觅食。它一定要想个办法，让哥哥鹰不会因为它不在跟前而对弟弟鹰粗暴施虐。俗话说，办法是人想出来的，其实许多动物也会想办法。金蔷薇很快就有了主意。

这天清晨，金蔷薇像往常一样，用喙亲昵地摩挲两只雏鹰的脑壳：妈妈要去找食物了，宝贝乖乖，等妈妈回来。然后，振翅朝尕玛尔草原飞去。等飞到天边一朵轮廓分明的大云朵里，金蔷薇改变方向，与大云朵一起飘飞，沿原路绕了回来，悄悄停栖在金钱松上方的悬崖顶，观察鹰巢里的动静。

开始时，两个小家伙一个缩在巢东侧，一个蹲在巢西侧，相安无事。过了一会儿，几根松针掉在哥哥鹰金追头上，它似乎被惊醒了，竖起细嫩的脖子四处张望，当视线落到蓝灿身上时，它好像唤醒了沉睡中的记忆，立刻变得亢奋起来，翅膀和脚爪同时用力，向蓝灿爬去，背上那撮淡褐色的绒羽恣张开来，就仿佛高扬起的战斗的旗帜。到了弟弟鹰身边，它便开始用身体挤撞，迫使蓝灿往鹰巢边缘移动。

金蔷薇立刻俯冲下去，在金追面前发出恫吓的啸叫，然后用尖利的喙啄咬金追背上那撮象征着战斗的淡褐色绒羽。拔鸟身上的毛，犹如刮鱼身上的鳞，是很疼的。金追尖叫着在巢内打滚。金蔷薇毫不心慈手软，一片一片又一片，一口气在金追背上拔下七根绒羽。金追背上渗出七粒殷红的小血珠，带血的绒羽在空中飘旋。这是血的教训、血的惩戒，你要牢牢记住，胆敢再背着我制造窝里斗，我会拔光你身上所有的羽毛，让你变成一只丑陋的鸟，然后丢下悬崖去喂蛇！

这样的教育方式，重复了三遍。

惩罚确实是种有效的教育方式，血的惩戒强有力地改变着受教育者的行为。这以后，无论金蔷薇在不在跟前，哥哥鹰金追都再也不敢对弟弟鹰做出驱赶的行为了。

和平，似乎有了希望。

普通母鹰一茬生育期只抚养一只雏鹰，金蔷薇却同时抚养两只雏鹰，付出了双倍的心血。

一只单身母鹰，要养活两只雏鹰，谈何容易啊！还不到一个月时间，它就瘦了整整一圈，本来两只翅膀紧凑地覆盖在身上，就像穿了件大小合适的衣裳；现在两只翅膀松弛地罩在身上，就像穿了件肥大不合体的衣裳。

这些都算不了什么，只要两只宝贝雏鹰能健康平安地长大，再苦再累它也心甘。让它烦恼的是，哥哥鹰金追对蓝灿似乎有一种天生的敌意，每次喂食，都会呀呀尖叫着，用翅膀将蓝灿压在自己身体底下，竭力阻止蓝灿伸出脖子来接食。它当然不会满足哥哥鹰独霸食物的欲望。当它将金追的嘴拨拉开，将食物塞入蓝灿嘴里时，金追便会用仇恨的眼光望着蓝灿，发出嗒吱嗒吱咬牙切齿的诅咒声。金蔷薇晓得，哥哥鹰完全是慑于它啄咬绒羽的血的惩罚，才暂时压抑了残害手足的罪恶念头。

仇恨埋在心底，危机并没解除，就像埋着一颗定时炸弹，随时都有可能爆发一场惊心动魄的窝里斗。窝里斗的挑衅者当然是哥哥鹰金追，弟弟鹰蓝灿一直扮演遭欺凌受迫害的角色。

假如说哥哥鹰金追和弟弟鹰蓝灿是一对矛盾体，毫无疑问，哥哥鹰金追是矛盾的主要方面。它想，金追之所以敢挑衅蓝灿，是凭借早出壳两天的优势，体格比蓝灿壮，力气比蓝灿大，就以大欺小、以强欺弱。假如蓝灿的生长发育追上金追，身体与金追同样强壮，甚至超过了金追，金追还敢肆无忌惮地欺凌弟弟鹰吗？

　　想到这一点，金蔷薇觉得自己找到了彻底解决家庭危机的好办法。

　　在鹰的世界，雏鹰生长发育的速度是可以通过食物来调节的。少喂一些食物，雏鹰就会放慢生长速度；多喂一些食物，雏鹰就会加快生长速度，食物与生长发育是成正比的。

　　金蔷薇立刻将想法付诸行动。喂食时，尽量让弟弟鹰蓝灿先吃饱，然后再喂哥哥鹰金追，喂个半饥半饱就不再喂了。短短七八天，食物调节就起了作用，蓝灿的个头一下子追上了金追，它们站起来一般高，身上的绒羽一般浓密，叫声也一般响亮。它这不是偏心，而是在追求家庭和睦。它又坚持了三天的食物调节，不错，蓝灿的身体看起来似乎比金追更结实了，更让金蔷薇感到欣慰的是，随着蓝灿身体发育超过金追，蓝灿原先在金追面前怯懦的眼光消失了，取而代之的是一种充满自信的眼神。原先只要一看到金追朝它走过来，它就会紧张得两只翅膀瑟瑟发抖，扭头躲避；而现在，当金追迎面走过来时，蓝灿不再害怕得发抖，而是昂首挺胸摆开一种迎战的姿势，用肢体语言告诉对方：我已经不怕你了，你若想动粗，我会坚决奉陪到底的！

那天中午，金蔷薇在空中捕捉到一只野鸽子，飞回鹰巢后，两只雏鹰争先恐后地到它跟前鸣叫乞食，金追又像往常那样，企图用翅膀将蓝灿压到自己身体底下去，独霸食物。蓝灿好像知道自己有足够的力量反抗了，就毫不示弱地用脑袋顶了金追一下，哥哥鹰金追被顶得两脚朝天仰面跌倒在巢里。

在弱肉强食的丛林世界里，身体强壮就是力量，就是优势。

金蔷薇放心多了，哥哥鹰的身体优势已经消失殆尽，再也不能随意欺凌蓝灿了。挑衅者失去了挑衅的资本，就会停止挑衅，生活就会变得安宁。

让它做梦也想不到的是，差点又酿成一桩新的血案。

那是一个风和日丽的上午。它的运气特别好，刚刚飞到尕玛尔草原上空，就看见一只被狐狸咬伤腿的野兔正在草滩上一瘸一拐地奔逃。它凭借飞行优势，抢在那只笨狐狸前抓住了野兔。自从做了妈妈，它还是第一次这么轻松地逮到食物，高高兴兴飞回家。刚刚越过高耸入云的日曲卡雪山，就听见金钱松上传来吱吱叽叽尖厉的啸叫声，它一听就明白，是雏鹰遭遇危险发出的求救声。它立刻加快速度飞回家，来到金钱松上空，它又一次目睹了血腥的窝里斗：一只雏鹰正用喙和身体蛮横地攻击另一只雏鹰，被攻击者且战且退，退到了鹰巢边缘；攻击者仍不依不饶，拼命挤撞；被攻击者半个身体已越出鹰巢，发出恐惧的呼叫……

曾经的惨剧再次上演，血腥的场面惊人地相似。唯一不同的是，两只雏鹰互换了角色，过去是哥哥鹰金追驱逐弟弟鹰蓝灿，现在是弟弟鹰蓝灿在攻击哥哥鹰金追。

金蔷薇惊愕得差点晕倒了。在它的印象里，蓝灿一直是饱受欺凌的受气包，全靠它的庇护才没有成为窝里斗的牺牲品。没想到，它使用食物调节法，蓝灿的成长发育追上并超过金追后，竟然倒过来驱逐金追了。天哪，为什么一有力量就霸道，一变成强者就飞扬跋扈，一有能耐就想把别人踩到脚底下去？为什么就不能兄弟和睦、和平共处呢？

难道说，梅里山鹰残害手足的陋习，真的潜藏在基因里，融在血液中，是雄鹰成长发育的必由之路，是梅里山鹰的宿命？

哥哥鹰金追已处于摇摇欲坠的危险境地，弟弟鹰蓝灿倚仗自己更强壮的身体，连续不断地进行啄咬和撞击，必欲置金追于死地而后快。金蔷薇笔直地俯冲下去。它不能袖手旁观。是的，它把弟弟鹰蓝灿当作是已故丈夫蓝嘴钩的再生和复活，它渴望蓝灿能够存活下来，可是，这并不意味着它要牺牲金追。蓝灿是它的亲骨肉，金追也是它的亲骨肉，手心手背都是肉。倘若由于它的干预，本来应当存活的金追死于非命，那它岂不成了害死自己亲生孩子的刽子手？这是万万不行的啊。

它一降落，立刻就将行凶作恶的蓝灿粗暴地推开。小浑蛋，给你多喂食，是为了让你免受欺凌，而不是为了让你变成窝里斗的挑衅者！蓝灿还不肯罢休，翻起身来继续摆开攻击姿势。金蔷薇一脚爪把蓝灿蹬得肚皮朝天，然后，就像教训哥哥鹰金追一样，狠起心肠啄咬蓝灿背上那撮奶白色的绒羽，一片一片又一片，让蓝灿也牢记这血的惩戒。

从此，金蔷薇再也不敢利用食物调节法来加快或延缓雏鹰的生长发育，而是一视同仁用食物平均喂养两只雏鹰。一段时间后，哥哥鹰和弟弟鹰同步发育，个头一般大小，力气也不相上下，势均力敌，谁也不占压倒的优势。或许，力量均衡是和平共处最好的保障。

5

金蔷薇尽一只母鹰的所能，想方设法来促使金追与蓝灿之间消除天生的兄弟阋墙的品性。它想，雏鹰之所以出生没几天就要互相展开血腥角逐，寻根究底，是为了独享父母的宠爱；而独享父母的宠爱，归根结底，是为了独霸食物；而独霸食物，刨根问底，是担心得不到足够的食物。

很明显，问题的根源就是食物。有了充足的食物，或许就能有效抑制雏鹰身上窝里斗的本能。你能吃得饱，它也能吃得饱，还有必要为了独霸食物而相互角逐吗？

丰盈的食物应该是治疗雏鹰窝里斗的野蛮天性的最好药方。

金蔷薇起早贪黑竭尽全力觅食。

随着两个小家伙一天天长大，它们的食量大得惊人，除了不肯吃亏外，什么都抢着吃。它们仿佛是饿死鬼投的胎，只要一望见它归巢的身影，只要一听到它翅膀振动的声响，立刻就会脖颈伸得笔直，黄口小嘴张得老大，吱吱叽叽拼命发出乞食的叫声。它虽然是有"天之骄子"美誉的梅里山鹰，也不能保证每次出猎都有收获。风霜雪雨的恶劣天气就不必说了，即使是晴空万里的好天气，两次出猎有一次收获，能保持百分之五十的成功率，已经是非常幸运的了。

为了能让两只雏鹰填饱肚子，从天边出现第一缕晨曦起，它就开始奔波忙碌，直到暮霭笼罩山谷，这才停止觅食。每天往返尕玛尔草原七八次，平均日飞行五百公里，累得几乎要散架了。它是只称职的母鹰，获得食物后，自己舍不得吃，立刻就带回巢来喂养两只雏鹰，内脏和鲜肉都塞进小家伙们的嘴里，自己只吃小家伙们无法吞咽的皮和骨渣。值得自豪的是，两只雏鹰出壳一个多月了，还从来没有饿过肚子，天天都能吃饱。

食物丰盈，又有血的惩戒，再加上双方力量均衡，这段时间两只雏鹰倒也相安无事，没发生争执和斗殴。

但金蔷薇心里还不踏实，它发现，两个小家伙彼此之间，它不在家的时候，从来不会相亲相爱地依偎在一起，除喂食外，总是哥哥鹰待在巢的东侧，弟弟鹰待在巢的西侧，小小的鹰巢中好像画了一条无形的界线。它好几次看见，当哥哥鹰无意中从巢的东侧来到巢的西侧，弟弟鹰立刻就会全身绒羽乍立，充满敌意地朝哥哥鹰啸叫，同样，当弟弟鹰不小心从巢的西侧去到巢的东侧，哥哥鹰也当即竖起脖颈半撑开翅膀，摆出攻击姿势。即使喂饱了食，它们看对方时，眼中也全然没有温馨的兄弟情，而是冷冷地睨视，冷漠得就像用冰雪浸泡过，让人不寒而栗。

　　眼睛是心灵的窗户，这说明，两个小家伙并没化解彼此间的敌对与仇视，不过是因为慑于它血的惩戒，所以才收敛窝里斗的冲动。有朝一日它不能提供丰盈的食物了，或者它们长大不再害怕它血的惩戒了，那潜伏在它们心底的手足相残的本性就会爆发出来。看来，提供丰盈的食物和进行血的惩戒，虽然有效，却治标不治本。要真正消除手足相残的罪恶之心，光有丰盈的食物和血的惩戒是不够的，还应该设法培养它们的兄弟情谊，这是最根本地解决问题的灵丹妙药。爱是化解敌视最好的武器，是避免血腥窝里斗最好的保障。它必须设法培养它们兄弟团结友爱的优良品格。

　　当然，首先是从食物诱导开始。俗话说："人为财死，鸟为食亡。"前半句是不是真理尚存在分歧，但后半句绝对是颠扑不破的真理。岂止鸟类为食而亡，许多动物都会为了食物而改变自己的命运轨迹。如远古时代的野犬，为了能捡食人类扔弃的肉骨头，就廉价地出卖自由而成为人类忠实的狗；本来脾气暴躁的野牛，为了人类手上的一把青草，竟然成了最温驯的家牛，天天为人类拉犁耕地；本来会飞翔的原鸡，为了人类撒在地上的几粒谷米，竟然丧失飞的能力，变成人类"杀无赦"的家禽……这样的例子很多很多，可见食物诱导的威力。

金蔷薇具体采取了三个步骤：第一，由巢中央喂食改为东、西侧轮流喂食，以消除那条无形的界线。以往喂食时，它总是站在巢中央，两只雏鸟从东西两侧聚拢来吃食。现在，它飞停在巢的东侧，弟弟鹰蓝灿为了得到食物，只有从巢的西侧赶往东侧，当蓝灿越过巢中央那条无形的界线，哥哥鹰金追本能地做出攻击姿势，金蔷薇立刻用喙敲打金追的脑壳，将嚣张气焰及时压制下去，然后只给蓝灿喂食，无论金追如何哀叫乞求，也不给金追喂食：哦，你对弟弟鹰表现出攻击倾向，你的行为有问题，你犯错误了，你只能挨饿！翌日，金蔷薇又换了个位置，跑到巢的西侧去喂食，这一次受到食物嘉奖的是哥哥鹰金追，而受到挨饿处罚的是弟弟鹰蓝灿。饥饿是动物最好的老师，渐渐地两只雏鹰学会了互相容忍：哦，你要来乞食那你就来吧，我不能驱逐你，那我就只好听之任之。那条无形的界线，就这样灰飞烟灭了。

第二，以往当金蔷薇喂半消化食物时，两只雏鹰出于多吃多占的自私、贪婪的本能，总是踮起脚爪，尽量伸长脖子，希望自己的小嘴离金蔷薇喂食物的大嘴最近，似乎这样就能得到更多的食物，摩擦与争斗也就是在这个时候最容易发生。当两张小嘴不分高低时，能压低对方就等于抬高自己，抬高自己就能多得食物，于是，你撞我个趔趄，我打你个脖儿拐，窝里斗拉开序幕。俗话说，会哭的孩子有奶吃，按常规，谁乞食的叫声更响，谁的脖子伸得更长，喂食者就会将食物塞进谁的嘴里，其他母鹰都是这么做的。金蔷薇觉得，这样做无疑加剧了雏鹰的争斗意识，煽旺了彼此的敌视与仇恨，助长了窝里斗的歪风邪气。它改革了喂食秩序，哦，谁先动手挤对方，谁就得不到食物；谁规规矩矩地乞食，谁就能得到食物，这就叫扶持正气、培养和平礼让的绅士风范。如果你表现得像个小强盗你就得不到食物，如果你表现得像个小绅士你就不会挨饿，那么，依赖母鹰喂食才能活命的雏鹰也只好向小绅士看齐了。

第三，在前两个步骤取得初步成效后，金蔷薇着手进行最后一个也是最艰难的步骤，就是在喂食中喂出温馨的兄弟情。它叼着一条还在抽搐的蛙腿，做出想要喂食的举动，两只雏鹰急切地发出乞食声。它引而不发，哦，谁表现好，我就把鲜美的蛙腿奖赏给谁。小家伙也不知道什么叫表现好，茫然不知所措。金蔷薇首先用翅膀将金追细长的脖颈推向蓝灿身上，哦，你是哥哥鹰，你有责任关心和爱护弟弟鹰，请张开你的小嘴，帮蓝灿梳理凌乱的羽毛，哦，如果你这样做了，你就能得到这条蛙腿。或许在金追身上，从来就没有为同胞兄弟梳理羽毛的遗传基因，尽管对鲜美的蛙腿垂涎三尺，还是不肯顺从金蔷薇的意愿。那就换个教育对象试试。金蔷薇将蛙腿悬吊在蓝灿头顶，哦，我知道你肚子饿了，来吧，孩子，用你柔软的脖子轻轻摩挲金追的脖颈，你是弟弟鹰，你理应对哥哥鹰表达尊重和友爱，你如果这样做了，你就是妈妈最喜欢的乖宝宝，这条鲜美的蛙腿就属于你了。或许在蓝灿身上，也没有对同胞兄长表达尊重和友爱的遗传基因，尽管馋相毕露，还是没能如金蔷薇所愿。

既然如此，那你们就饿肚子吧，什么时候学会了爱，什么时候就有东西吃。金蔷薇飞到对面的树枝上，耐心地等待着。

从中午等到傍晚，两只雏鹰实在饿得吃不消了，像热锅上的蚂蚁在鹰巢里团团转，不时朝金蔷薇叽叽喳喳地发出如泣如诉的乞食声。金蔷薇觉得时机已经成熟，又一次叼着蛙腿飞进巢去，再次进行食物诱导：哦，饥饿的滋味不好受吧，那就按我的吩咐去做！两只雏鹰忸怩了一阵，终于，金追抵挡不住食物的诱惑，用喙胡乱在蓝灿身上捋了几下，将脊背上两根凌乱的绒羽压平了些，勉强算是替蓝灿梳理了羽毛。虽然动作很别扭，态度也很生硬，但毕竟是依顺金蔷薇的意愿去做了。金蔷薇高兴地将蛙腿塞进金追的嘴里。榜样的力量是无穷的，蓝灿见哥哥鹰得到了实惠，当然心痒眼馋，于是也顺从金蔷薇的意愿，伸出自己的脖颈漫不经心地在金追肩与颈的交会处摩挲了几下，根本谈不上发自内心的尊重和友爱，搔搔痒而已。金蔷薇心花怒放，将事先准备好的另一条蛙腿塞进蓝灿嘴里。

哈，饥饿就是一根能点石成金的魔棒。

这以后，金蔷薇每次喂食，都要进行同样的食物诱导，就像小学生做功课一样，也像人类教徒做餐前祷告一样。它觉得这样做意义重大，是培养兄弟情谊的必由之路，也是杜绝窝里斗的灵丹妙药。是的，两只雏鹰在表达兄弟情谊时，态度有点勉强，无论是哥哥鹰为弟弟鹰梳理羽毛，还是蓝灿用脖颈摩挲金追，动作都很机械，敷衍潦草，看得出来，不是发自内心的，而是为了获得食物的权宜之计，或者说是受到某种胁迫后的无奈之举。但金蔷薇觉得，改变物种的品性，不是一朝一夕就能成功的。两只雏鹰能克制手足相残的本能冲动，顺从它的意愿做出互相友爱的表示，证明已经有了一个良好的开端，万事开头难，良好的开端就是成功的一半，关键要有水滴石穿的毅力和恒心。它坚信，只要它坚持不懈地努力下去，两只雏鹰会养成兄弟和睦相处的良好习惯，习惯成自然，最终成为携手并进的新一代雄鹰。

它相信自己的目的一定能达到。

6

日曲卡雪山奇崛雄伟，属于立体式气候，山谷是夏天，山腰是春天，山顶是冬天。桃红柳绿的五月，也经常会遭到夏天雷雨的袭击。那天上午，太阳刚刚从雪峰背后爬上来，突然刮起了大风，一大片乌黑的云，犹如千万只大灰狼，从西北方向的天际奔腾而来。很快，乌云如贪婪的狼群吞噬了太阳，涂黑了湛蓝的天空。闪电像一条条青蛇在乌云间游动，豆大的冷雨噼里啪啦地从天空中砸下来，寒风扑面，气温骤降，一场暴风雨拉开了序幕。

在电闪雷鸣中，金追和蓝灿朝金蔷薇发出急切的鸣叫。这个时候，金蔷薇就停栖在金钱松树冠上，离鹰巢仅几步之遥。按常规，这种时候，金蔷薇应立刻飞回巢中，半撑开自己的双翼，将两只雏鹰分别安顿在自己的左右两翼下。母鸟的翅膀是雏鸟最好的保护伞。它也确实起飞了，但就在双爪即将落巢的一瞬间，它改变主意，使劲摇了几下翅膀，又飞回树冠。它觉得来临的暴风雨是一个难得的机会，可以让两只雏鹰学习如何互相依靠、互相依赖、互相依存。

一段时间来，在食物诱导下，两只雏鹰确实表现出代表兄弟情谊的动作来，但它心里明白，那不是发自内心的情感流露，而是在饥饿威胁下的被迫顺从，将来能不能习惯成自然实在是个未知数。要想让两个小家伙真正树立起同胞手足的意识，必须通过具体的事例让它们懂得，另一方活着，对自己不仅不是祸害，反而能给自己带来生存利益，可以获得双赢的结果，这样才能真正培养起牢不可破的兄弟情谊。

它觉得，眼前这场雷霆万钧的暴风雨是一个极佳的机会。两只雏鹰眼巴巴地盼着金蔷薇用结实的翅膀给它们撑起遮风挡雨的保护伞，可妈妈还没降落就又飞走了，两个小家伙焦急得拼命呼叫，可金蔷薇躲藏在树冠里不予理睬。在它躲藏的这个位置，居高临下，可以把鹰巢看得一清二楚，而两只雏鹰却看不见它的身影。

暴雨如注，好像天河决堤似的，哗哗往下倒。很快，两只雏鹰就淋得像落汤鸡了。山风呼啸，那是从雪垭口刮来的风，带着冰雪的寒意，冷得有点刺骨。

金蔷薇看得很清楚，两个小家伙浑身毂觫，比树上的叶子颤抖得还厉害。它晓得，两只雏鹰现在最希望得到的就是它温暖的怀抱，出于做母亲的本能，它也有一种要把风雨中瑟瑟发抖的雏鹰揽进怀里的强烈冲动，可它拼命克制住自己，绝不能因为自己母性的软弱而丧失培养兄弟情谊的好机会。两只雏鹰虽然在风雨中冷得发抖，却仍一个在东一个在西，彼此并没有要靠近些的想法。你们很冷，是吗？那你们就该互相靠近，以彼此的体温取暖，就能抵御这彻骨的寒冷了。可是，它们似乎先天具有排斥性，根本不懂要互相靠近。它们只晓得伸长脖子拼命叫唤，盼望母鸟来为它们排忧解难。无情的雨下个不停，雨水灌进金追朝天鸣叫的嘴里，呛得它咳喘不已。蓝灿的嗓子也叫哑了，"叽嘀——叽嘀——"就像深秋时蟋蟀断断续续的悲鸣。金蔷薇心如刀绞，要是小家伙因此而病倒，它一辈子都会受到良心的谴责啊。

一道闪电像把青锋剑刺进鹰巢旁一座巍峨的山峰中，短暂的安静后，天崩地裂般一声巨响，苍老的金钱松似乎要被震断了，发出咔嚓咔嚓恐怖的响声。金蔷薇看见，两只雏鹰拼命用喙去啄铺在巢底的树枝，恨不得找个洞钻进去才好。

唉，小傻瓜啊，你们互相依傍在一起，你们就能互相壮胆，你们就能战胜雷电带来的恐惧。

可即使面对地动山摇的霹雳，两颗心仍然疏远而冷漠。

风狂雨骤，风越刮越猛烈，刮的是西北风，金钱松伞状树冠正好处在风口上，狂风吹袭，树干摇晃，树冠大幅度摆动，整棵树仿佛要被狂风连根拔起。金蔷薇是成年山鹰，抓住树枝蹲在树冠上，都有一种站立不稳要被抛出去的感觉，更何况两只未成年的雏鹰。小小的鹰巢就像惊涛骇浪中的小舢板，一会儿被推到浪尖，一会儿又被抛到谷底。也许是筋疲力尽了，也许是被摇晃得头晕目眩了，两个小家伙都停止了鸣叫，趴在巢中央，一动不动，生命仿佛快耗尽了。一阵更猛烈的山风袭来，高数十米的金钱松被吹弯了腰，突然，狂风一下子减弱，金钱松一下子挺直了腰，巨大的冲力，把无数根松针弹射出去，在厚厚的白色雨帘中，又下了一场绿色的松针雨。

小宝贝，你们两个互相靠近，就有了双倍力量抵御这狂风骤雨。啊，难道你们的心果真是一片荒芜的冻土层，无法培育和生长爱的幼苗？要你们学会互相依靠为啥这么难呀？

狂风还在呼啸，鹰巢似乎快散架了，两只雏鹰的情况也越来越不妙，撞过来跌回去，随时都有被抛出巢的危险。

金蔷薇紧张到了极点，也矛盾到了极点。它只要飞回巢，就能帮两只雏鹰安然渡过危险，但它要培育兄弟情谊的梦想恐怕是永远破灭了。如果它听之任之，再来一阵狂风的话，两只雏鹰极有可能会被抛出巢去。假如真发生坠巢悲剧，那它就成了见死不救、谋害亲子的罪恶之鹰了。

金蔷薇看见，鹰巢就像在玩游戏一样，大幅度地剧烈摇摆，似乎就要四分五裂了。哥哥鹰金追似乎脚爪没能抓牢，一下被甩到鹰巢边缘，随着树冠摆动，又被抛回巢中央。弟弟鹰蓝灿也难以保持平衡，在巢内东撞西跌。它扬起双翼，准备飞回巢去。它不能再等了，它不能为了一个虚无缥缈的所谓理想而白白丢掉两只雏鹰的性命。就在这节骨眼上，事情突然出现转机，当两只雏鹰同时被抛到鹰巢边缘时，彼此的身体无意中靠在了一起。或许是出于一种捞救命稻草的本能，或许是出于一种找个伴分担恐惧的心理，它们不约而同地朝对方伸出翅膀，你扶助我，我支持你，还朝对方伸出细长的脖颈，我牵着你，你拉着我，两只雏鹰互相依靠，1+1远远大于2，肆虐的风威势顿减，它们不再被风刮得东倒西歪，不再有被抛下树去的危险。

金蔷薇真比逮到一只黄麂还高兴。

狂风渐渐减弱，冰冷的雨还在下，两个小家伙不再像刚才那样冷得瑟瑟发抖，它们紧紧依靠在一起，用彼此的身体互相取暖，互相慰藉。

暴风雨来得快去得也快，又过了一阵，风停雨歇，乌云散尽，湛蓝的天空出现一道美丽的彩虹。金蔷薇看见，两个小家伙站了起来，抖掉身上的水珠，沐浴灿烂的阳光，彼此仍贴得很近，在没有食物诱导也没有母鸟催促的情况下，金追用喙梳理弟弟鹰背脊上凌乱的羽毛，蓝灿用脖子擦去滴落在哥哥鹰头顶的雨珠。这是发自内心的自然流露出来的兄弟情谊，也是它金蔷薇梦寐以求的结果。

哦，你们经历了暴风雨的洗礼，你们经受了生与死的考验，你们凝结了同心同德的兄弟情谊，你们将分享这美好的生活。

7

暮霭越来越浓，地面的物体越来越模糊。眼看天色就要黑了，再继续巡飞已失去意义，金蔷薇拍扇翅膀，垂头丧气地往家飞。

人难免有倒霉的时候，鹰也难免有不走运的时候，金蔷薇这两天运气差极了。昨天在尕玛尔草原巡飞了半天，后来在洞穴旁的一棵香樟树上等待，结果等到天黑，也不见狡兔出来。偶尔有一天没觅到食，对梅里山鹰来说，也不是什么大问题。凡野生动物，无论是飞禽还是走兽，只要是食肉动物，都有耐饥饿的本领，如蛇类饱餐一顿后可以十天半月不再进食，老虎吃饱后三天不吃东西照样能精神抖擞地狩猎捕食，而梅里山鹰最长的耐饥饿时间是三天。金蔷薇相信自己明天的运气会变好，捕到合适的猎物。遗憾的是，坏运气还在延续。

今天一大早，它就飞到尕玛尔草原上空，倒是发现了一只刚出生的小斑羚。小斑羚十来斤重，也是鹰的捕捉目标之一。可是，这是一家子斑羚，夫妻斑羚警觉性颇高，只要它一降低高度，公斑羚立即用尖利的犄角朝着它俯冲的方向狂挑乱刺，母斑羚立刻就将小斑羚罩在自己的身体底下，它在天空盘旋了很久，还是无法下手。地面觅食落空，它转而瞄向空中。梅里山鹰是日曲卡雪山一带当之无愧的空中之王，鹊鹞鸽雉，都在山鹰的食谱之列。天空有山鹰矫健的身影，其他鸟唯恐避之不及。找了好长时间，好不容易才发现一只岩鸽从空中飞过。它立即疾飞而去，追了好几公里，眼看就要逮着猎物了，突然，岩鸽仓皇钻进山崖上一条深深的岩缝中，再也不出来了。它试了好几次，岩缝太窄，它硕大的身体无法钻进去，只好灰溜溜地放弃这场狩猎。唉，又是一个没有收获的日子。

连续两天吃不到东西，它还能支撑，但两个小家伙怕是难以忍受了。

两只雏鹰个头已有成年鹰的三分之二大了，全身覆盖褐色的羽毛，翅膀已长出翮羽，已经从雏鹰成长为少年鹰。金追羽翼间两道金色斑纹浓艳得就像油画色彩，蓝灿金蓝色的嘴壳越来越光彩夺目，它们称得上是一对英俊"少年"。假如不出意外，顶多还有一个月，它们就能展翅飞翔了。正在长身体的它们，消化能力极强。昨天金蔷薇没有带食物回去，两个小家伙已经饿得嗷嗷直叫了，如果今天再空手而归，怕两个小家伙会饿出病来啊。

鸟儿的色彩

天快要黑了，找寻食物非常困难，唯一的办法，就是冒险到铜鼓寨去捉小鸡。

日曲卡雪山一带人烟稀少，但再蛮荒的地方也有人的踪迹，古戛纳河畔就有一个牧民居住的铜鼓寨，因寨子打谷场上有一架敲起来声震屋瓦的千年大铜鼓而得名。寨子里当然养着许多鸡。人类豢养的家禽，是鸟的异化，飞不高、跑不快，鹰爪掐住脖子了也不会反抗，对梅里山鹰来讲，抓鸡好比囊中取物。可是，不到万不得已，谁也不敢冒险到铜鼓寨去捉鸡，原因很简单，那些普遍患有肥胖症的鸡，有人类的猎狗和猎枪保护。只要寨子上空掠过山鹰矫健的身影，神经质的猎狗立刻就吠声连天，穿透力极强的铜鼓也会铛铛敲响，假如山鹰往下俯冲的话，猎枪就会砰砰响起。

曾经有一只名叫可可灵的雄鹰，年纪大了，右眼患上白内障，很难发现并逮住行动敏捷的猎物，实在饿极了，便飞到铜鼓寨去捉鸡。结果，当它飞经那架千年大铜鼓时，冷不防铜鼓铛铛炸响，它内脏被强大的声波震裂，七窍流血而亡。

还有一只名叫老阿朵的雌鹰，在抓一只兔子时不小心右脚爪被兔牙咬伤，残疾鹰捕食困难，也是饿得受不了了，就飞到铜鼓寨去捉鸡，鸡毛还没捞到一根呢，就被猎枪炸飞了脑袋。一点也不夸张地说，对山鹰而言，到铜鼓寨去捉鸡，就是饮鸩止渴，是一种愚蠢的自杀行为。

尽管如此，金蔷薇还是决定去冒险。

它不能眼睁睁看着两只鹰饿坏身体。它之所以敢去冒险，是因为它掌握了一个改变山鹰从高空俯冲的狩猎习惯，出奇制胜抓住猎物的本领。这个本领，是夫君蓝嘴钩生前教给它的。蓝嘴钩头脑聪慧，算得上一只天才鹰。那是它们结为终身伴侣不久的事。它们在古戛纳河畔一个隐秘的土坑里发现一窝还在吃奶的细皮嫩肉的小野猪。人类喜欢吃烤乳猪，山鹰喜欢吃活乳猪。可恼的是，母野猪的视觉和听觉十分灵敏，它们一出现在土坑上空，母野猪就会吭吭吭发出急促的报警声，乳猪们就会急急忙忙钻进深深的土坑，母野猪则晃动嘴角两支如匕首般的獠牙，凶神恶煞般守护在土坑的出入口，再厉害的狩猎者也只能望猪兴叹。

金蔷薇正准备知趣地离去，蓝嘴钩突然示意它留在空中巡飞，它自己则飞向远方，飞到母野猪目力所不及的地方，突然降低高度，贴着地面往土坑飞行。这时候，金蔷薇在很高很高的天空盘旋，显然对正在草地上奔跑嬉闹的乳猪构不成威胁。母野猪的视线紧紧盯着金蔷薇，忽视了对其他方向的警戒。金蔷薇鸟瞰地面，一切都看得清清楚楚。蓝嘴钩飞到离土坑还有两百米左右时，母野猪似乎听到了来自背后的翅膀振动的声响，立刻扭头去看，关键时刻母野猪犯了经验主义错误，抬头往空中观察，碧空如洗，连麻雀都没有，丑陋的猪脸露出疑惑犹豫的表情。这时候，蓝嘴钩又朝目标疾飞了一百多米。母野猪这才看见蓝嘴钩贴着地面迅疾飞扑而来的身影，立即发出吭吭的猪式警报，正玩得兴高采烈的乳猪们慌慌张张、争先恐后地往土坑里跳，但已经迟了，蓝嘴钩矫健的身影已经出现在土坑上方。母野猪背上的猪鬃一根根竖起来，大吼一声迎面朝蓝嘴钩冲撞过来。蓝嘴钩似乎早有准备，尾羽轻轻往下一压，在空中做了个鱼跃龙门式的漂亮的飞行动作，轻松地避开母野猪的迎头撞击，扑向一只还来不及跳入土坑的乳猪，将猎物拎向空中……

金蔷薇决定效仿已故夫君蓝嘴钩的做法，改高空俯冲为地面偷袭，或许能躲过猎狗和猎枪，吃到鲜美的鸡肉。

它在低空飞行，绕了个圈，绕到寨子后那片小树林，然后借着暮色的掩护，在地面上摇摇摆摆地行走，摸进寨子去。正是人类吃晚饭的时间，也是狗摇着尾巴向主人乞讨肉骨头的时间，街道上没有人影也没有狗影。它悄悄来到一户农舍的篱笆墙外，透过竹篱笆望进去，空荡荡的院子里，有一条花狗正趴在门槛旁津津有味地啃一根骨头，一只肥胖的矮脚鸡婆正咯咯咯呼唤一群小鸡进窝。金蔷薇抓住这个机会，突然摇动翅膀起飞，越过篱笆墙扑向肥胖的矮脚鸡婆。

让它始料不及的是，就在它飞过篱笆墙时，有一个穿靛蓝色短裤的汉子突然从屋里出来，估计是个有经验的猎手，立刻大叫起来："不好了，老鹰捉鸡来啦！"花狗反应非常敏捷，扔下肉骨头，第一时间扑到鸡窝旁，守护在肥胖的矮脚鸡婆面前，挡住了金蔷薇的攻击。一只母鹰是无法对付一条训练有素的张牙舞爪的猎犬的，更何况猎犬身旁还有一个魁梧的汉子。金蔷薇不得不放弃攻击。这时，它看见院子墙脚边有一只小黑鸡正以生死时速向鸡窝奔逃。这是一只贪玩的小黑鸡，刚才没理会矮脚鸡婆归窝的指令，这里啄啄蚯蚓，那里刨刨蚂蚱，落在鸡群后面了。哦，只好见机行事转而攻击这只落单的小黑鸡了。金蔷薇折转翅膀，在空中急拐弯，降低高度伸爪去抓。目标太小，小黑鸡又特别机灵，竟然抓空了。不得已，它只好降落地面，嘴啄爪蹭，好不容易才将小黑鸡抓到手。虽然只是短短几秒钟时间，却是性命攸关的转换时间。那个汉子已经去取挂在走廊墙上的猎枪了，金蔷薇急忙起飞。但山鹰体形硕大，威猛有余而机灵不足，不像小鸟那样一抖翅膀倏地就能起飞，必须先摇动两下翅膀、双腿一蹬才能让身体腾空，这需要一秒钟时间。就在它身体腾空的瞬间，那个穿靛蓝色短裤的汉子已将可怕的猎枪握在手里了。它拼命扇动翅膀，加快升空速度。

这时，下面传来汉子拉动枪栓的哗啦声，它不敢耽搁，拼出所有的力气朝寨外疾飞。

砰，传来猎枪的轰鸣声，它感觉到一股尖锐的气流擦着它的身体飞了过去。刹那间，左翼两根翮羽像被一把锋利的剪刀剪了一下，断了。飞过打谷场上空，铜鼓铛铛敲响了，那激越的鼓声，震得它心惊肉跳。

还算幸运，它冒险成功了，损失了翅膀上两根漂亮的翮羽，换来一只才出壳没几天的小鸡。

别抢，别闹，二一添作五，我来给你们分配。金蔷薇站在鹰巢中央，推开小强盗一样扑过来的哥哥鹰金追，又撵走小土匪一样拱过来的弟弟鹰蓝灿，为两只鹰分割猎物。

给鹰喂食，不同的年龄段有不同的喂食方式，大致可分为四种方式：刚出壳到二十天左右，母鹰将半消化的食物从嗉囊中吐出来嘴对嘴喂，称为渡食；二十天至两个月，母鹰将肉块从猎物身上撕下来，直接塞进孩子嘴里，这叫喂食；两个月至三个半月，母鹰当着孩子的面解剖猎物，将撕碎的猎物抛在巢里任孩子啄食，让孩子学习分割猎物的技巧，称为学食；三个半月至独立生活，母鹰将猎物囫囵扔给孩子，让孩子自己分割啄食，这叫投食。现在，金蔷薇正采用第三个阶段的喂食方式。

还没等它把小黑鸡分割开，两个小家伙就又迫不及待地围上来抢夺，更可气的是，它们还互相挤撞，用力把对方从金蔷薇身边挤走。去，不准胡来！金蔷薇毫不客气地用嘴壳将两只鹰拨拉开。我晓得你们两天没进食已经饿坏了，但再饿也不能伤了和气啊。饥饿是一种考验，考验你们是否真正具备互相帮助共渡难关的兄弟情谊。我相信你们不会让妈妈失望的。

小黑鸡太小了，也就小耗子一般大，小得还不够喂饱一只鹰。它先将难以消化的鸡头和鸡爪吞进肚去，它要保持一些体力，明天一早好有力气去觅食。然后，它用爪子和喙分割剩下的肉块。哦，肉少得可怜，只能算是给你们塞牙缝的，你们放心，妈妈明天一早就去尕玛尔草原打猎，一定给你们带只野兔回来，让你们吃得打饱嗝。天有点黑了，它有点大意了。就在这个时候，金追受食物的诱惑，强行从它翅膀底下钻过来，企图啄食鸡肉。它夹紧翅膀，不让金追的企图得逞。它只注意防止金追抢夺食物，却忽视了蓝灿。它没发现，蓝灿贪婪的喙从它两腿之间钻进来，叼起鸡肉就快速吞咽起来。它只是将小黑鸡撕开，还没分割完毕，肉块互相粘连，形成一长串。蓝灿确实是饿坏了，用狼吞虎咽来形容一点也不过分，脖颈扭动着，拼命将肉块往自己肚里塞。小浑蛋，你咋能吃独食哟！金蔷薇用脚爪掐住蓝灿的脖子，想制止它的土匪行径，可蓝灿也不知从哪里来的力气，挣脱它的脚爪，仍一个劲地快速吞咽。金蔷薇又用尖利的喙使劲啄咬蓝灿的背，血都啄出来了，可小家伙还是顽强地继续进食。

它是母亲，它总不能为了这么一点食物掐断亲骨肉的脖子、啄穿亲骨肉的身体吧？

也就短短几秒钟时间，肉块全被蓝灿吞进肚去。本来嘛，也就那么一点鸡肉，仅够蓝灿吃个半饱的。叽呀咯，叽呀咯，金蔷薇朝实施了土匪式掠夺的蓝灿发出严厉的呵斥。也仅仅是严厉的呵斥而已，吃也吃进去了，吞也吞进肚了，除非开膛剖腹，休想让蓝灿把肉吐出来了。

在蓝灿独吞食物的过程中，金追惊愕地张大嘴，望着蓝灿发呆。当蓝灿把最后一点鸡肉也咽下去后，金追如噩梦初醒般狂啸一声，全身的羽毛就像刺猬的刺一样竖了起来，眼睛发绿，也不知是气得发绿还是饿得发绿，冲上来扭住蓝灿厮打起来。不许打架！弟弟鹰抢夺食物是做得不对，妈妈刚才已经批评它了，你是哥哥鹰，你应该宽容大度些，就原谅弟弟鹰这一次吧。金蔷薇用身体阻挡金追的进攻，并试图进行劝解。然而，劝解不仅无效，似乎还火上浇油了，金追像疯子一样横冲直撞，不顾一切地扑到蓝灿身上，又是撕抓又是啄咬，就像在对付一个不共戴天的仇敌。蓝灿也不是一盏省油的灯，两只眼珠子变得像两只萤火虫，泛动着杀气。金蔷薇狠狠地啄咬哥哥鹰的背，又狠狠地敲打弟弟鹰的头，希望动用母鹰的权威平息这场斗殴，但效果甚微。搏杀的狂热，已远远超过对惩戒的惧怕。它们拼命黏在一起扭打，它根本没法拉开。两个小家伙都已是半大的少年鹰，力气大得惊人，结构松散的鹰巢剧烈地抖动，随时都有散架的可能。金追的攻势似乎更猛烈些，将蓝灿推到鹰巢边缘，嘴里发出刻毒的诅咒，恨不得把蓝灿推下万丈深渊才解恨。蓝灿因为肚子里填充了食物，似乎耐力更持久些，将金追压趴在自己身体底下，用已长硬的喙啄咬金追的身体，那副咬牙切齿的表情，恨不得把金追啄烂了才好。轰隆，鹰巢终于承受不了如此激烈的打斗，就像敲破的瓷盘一样，左侧一角塌了，金追身体歪倒，差点摔下深渊。哗啦，鹰巢的好几根树枝被踩断，出现了两个大窟窿，蓝灿两只脚爪伸进窟窿里，要不是有一根横权挡着，就变成断线的风筝掉下去了。

鹰巢已经四分五裂，但两个小家伙的狂热情绪仍没有丝毫减弱，还在互相撕抓啄咬。它们似乎都已丧失了理智，非要置对方于死地而后快。

唉，温饱而知廉耻、懂情谊，没了温饱就没了廉耻，就没了兄弟情谊。住手吧，你们不要命啦！金蔷薇高声尖啸，你们虽然长出翅膀了，可你们还不会飞，如果现在你们掉下去，即使侥幸没摔死，也一定会成为野狼的夜宵。你们不是仇敌，你们是兄弟啊。

两只鹰都把金蔷薇的规劝当作耳边风，仍沉浸在斗殴的狂热中。金蔷薇能做的就是尽自己的所能搀扶它们一把，不让它们掉下悬崖去。

很快，整个巢都被毁了，几乎所有的树枝、黏土、兽皮等筑巢材料都不见了。两个小家伙各自站在一根树枝上，天已经黑透了，金蔷薇挡在它们中间，它们彼此的身体没法再接触，斗殴总算是告一段落了。

它含辛茹苦地寻找食物，它冒着九死一生的危险到铜鼓寨去捉鸡，它差一点成为花狗的战利品，它差点被猎枪射成马蜂窝，结果又怎么样？谁也不会体谅它的苦衷，谁也不会理解一个做母亲的良苦用心。仅仅一点点食物，就导致了新的窝里斗，就发生了你死我活的争斗。

金钱松枝丫间，还悬挂着零星的树枝、草丝，那是鹰巢坍塌后的残留物。它明天要做的第一件事，就是重建鹰巢。对山鹰来说，这是一项很辛苦的工作。这没什么，它早已习惯了辛劳。鹰巢毁了，还可以重建；兄弟间情谊毁了，是无法修补的。驱之不去的，还有笼罩在鹰巢上空的浓重的死亡阴影。

夜深了，一轮弯月悬在无云的夜空，对面山峦传来凄厉的狼嚎，叫声杂乱而粗野，时高时低，此起彼伏，忽而如婴儿啼哭，忽而如疯子狂笑，听起来好像是两只公狼在进行争夺首领地位的战争。

两只鹰还在起劲地互相啸叫辱骂，要不是金蔷薇夹在中间，战火将重新燃烧。想要独霸生存资源的冲动随着年龄增长不仅没有湮灭反而变得越来越强烈了，这是它始料不及的。

为什么强者就一定要与残忍画等号？为什么强者生命不止，天下就争斗不息？为什么非要不是你死就是我活，而不能我活让你也活呢？难道生命的真谛就是自私，就是争夺生存资源，就是无休无止的骨肉相残？

金蔷薇意识到，自己可能犯了一个一生中最大的错误，即不该在它们出壳不久进入自然淘汰时出手干预。它以为自己有能力扭转这种残忍的窝里斗的本性，它花了无数的心血，费了九牛二虎之力，它以为自己已经达到目的，事实证明，那完全是自欺欺人。本性并未扭转，仇恨也没消失，只是在蛰伏与冬眠，一旦时机成熟，就会变本加厉地爆发出来。

这次争斗的起因是为了食物，就算它运气特别好，明天一早就能逮到一只野兔，把两只鹰喂饱，用食物换取和平，那也只能是暂时的和平而已。

随着日渐长大，小家伙们对食物的需求越来越大。它是只单身母鹰，它无法保证每天都能找到充足的食物来喂养它们，免不了会有食物短缺的时候，免不了会有饥饿相伴的日子，那么，引发残酷竞争的导火索随时都有可能被点燃。更为严重的是，两个小家伙都已长成了少年鹰，再也不是当初懵懵懂懂听凭命运摆布的雏鹰，它们的力量相当，它们势均力敌，谁也不占压倒性的优势，无论是谁，都不可能在自己毫发无损的情况下将对方摔下悬崖，依目前的情形看，最大的可能是双双坠崖而亡。它想象着，一定会有这么一天，当它劳累一天空手而归时，残酷的窝里斗再次爆发，出现它不忍看的惨烈一幕：两只鹰互相撕抓啄咬，仇恨在争斗中节节升高，它们完全丧失了理智，在猛烈的斗殴中，本来就不太坚固的鹰巢轰然崩塌，两只鹰连同鹰巢一起坠落深渊……这完全与它的初衷背道而驰，它当初救下弟弟鹰蓝灿，以为能实现 1+1=2，现在却极有可能变成 2-2=0。它不仅未能挽救蓝灿的生命，为了一个不切实际的想法，为了一个虚无缥缈的梦，它还将赔上哥哥鹰金追的生命。

它后悔极了，它理应尊重物种的成长规律，尊重自古以来梅里山鹰每窝只养大一只鹰的传统，而不是异想天开地要去改变一个物种的生存轨迹。现在，后悔也晚了。一个鹰巢里容不下两只雄鹰，这也许是天底下最残酷的真理。

它深深地绝望了，彻底地绝望了。

8

这是一条蜕过好几次皮的高山蝮蛇，一米多长，酒盅般粗，蛇尾像是被剪刀剪过似的，奇怪地向两边分开，就好像长着两根尾巴，或许可以称之为双尾蝮蛇。它正顺着一根树枝慢慢游向鹰巢。

幸亏金蔷薇今天运气好，才离巢十多分钟，就逮到一只躲在草丛里生蛋的褐马鸡，回来得早，及时发现了这惊险的一幕。在它看见双尾蝮蛇时，这条该死的怪胎蛇离鹰巢还有十多米远，依照蛇在树上的爬行速度，起码还要两分钟才能对两只鹰构成威胁。

金蔷薇从容地降落在悬崖顶，将那只褐马鸡放在两块岩石间的凹缝里，然后准备俯冲下去驱赶双尾蝮蛇。

一般来讲，蛇是梅里山鹰食谱上的美味佳肴，但鹰身上不具备抵御蛇毒的抗体，换句话说，鹰一旦被毒蛇咬到，也会中毒身亡的。因此，鹰大多捕捉无毒蛇或小型毒蛇，对超过一米长的剧毒蝮蛇，鹰会明智地放弃捕捉，所以，金蔷薇只是想采取恫吓战术将双尾蝮蛇赶走而已。

它已经撑开翅膀要起飞了，出于习惯，它朝鹰巢中瞥了一眼，它看见，金追和蓝灿各自站立在巢的东西两端，哥哥鹰不时朝蓝灿发出一串挑衅式的啸叫，弟弟鹰则回敬金追无数狠毒的眼神。突然间，它将撑开的翅膀闭了起来。一个让它心碎的念头浮现出来：假如它听任双尾蝮蛇游向鹰巢，或许是一劳永逸地解决窝里斗的天赐良机。它时常与蛇打交道，了解蛇的捕食习惯，蛇一旦吞进一只较大的猎物，便不会再有兴趣攻击另一只猎物。这是它想要放纵毒蛇行凶的一个极重要的原因。假如想要闯进鹰巢的是花灵猫，它会不惜一切代价将侵略者挡在家门外。花灵猫的捕食习惯是，一旦闯进鸟巢，就会不分青红皂白将所有雏鸟扑杀。不管是哥哥鹰还是弟弟鹰，个头都已有成年鹰的三分之二大，一只就足够塞饱蛇的肚皮。蛇吞一留一，刚好能解决这段时间来严重困扰它的一道难题。

肚皮瘪瘪的双尾蝮蛇又往前爬了五六米，鲜红的蛇芯子快速吞吐，探测猎物方位，选择攻击目标。

金蔷薇又撑开了翅膀。它是母亲，怎么能听凭毒蛇吞食自己的孩子呢？母鹰的神圣职责就是保护雏鹰免遭毒蛇猛兽的伤害。强烈的母爱，催促它俯冲下去，用尖爪利喙将双尾蝮蛇从金钱松旁赶走。

可是，自从弟弟鹰独吞小黑鸡事件发生后，两只鹰之间的仇恨与日俱增，一个鹰巢中只能有一只雄鹰，这是它必须面对的现实。有一点是确凿无疑的，两只鹰之间随时都可能爆发你死我活的争斗。种种迹象表明，同归于尽的惨剧不可避免。要么 2−2=0，要么 2−1=1，它又怎么能去选择意味着什么也没有的"0"呢？

金蔷薇无奈地将翅膀收了起来。

双尾蝮蛇玻璃珠子似的眼睛盯着鹰巢东侧的金追，本来直线形的蛇身呈"S"形缩拢，游近鹰巢，蛇头向东，慢慢向金追逼近。

金蔷薇的翅膀撑开了又收起，收起了又撑开，心里矛盾极了。理智告诉它，利用这条毒蛇进行自然淘汰，是最明智的选择；感情却一再催促它，俯冲下去，向耀武扬威的毒蛇猛烈扑击，拯救自己的亲骨肉，尽一个母亲应尽的责任。它体验到灵魂被撕裂的痛苦。

金追发现游近鹰巢的双尾蝮蛇了，恐惧得全身羽毛张开，发出惊恐的啸叫。这一来蓝灿也跟着紧张起来，抖动翅膀，亮出喙，朝着入侵者呀呀鸣叫。双尾蝮蛇没有理睬蓝灿，径自向金追游去。

大凡有经验的食肉动物在狩猎时，遇到多个可供选择的目标，为避免分心，会锁定其中一个目标，一追到底，不会轻易改变。

　　丑陋而又冷酷的三角形蛇头肆无忌惮地逼近金追。在大自然那条食物链上，通常来说，蝮蛇排在梅里山鹰之下，也就是说，假如一只成年山鹰和一条成年蝮蛇相遇，蝮蛇虽然有一咬致命的毒牙，但鹰有尖爪利喙，且鹰会飞，掌握着主动权，因此蝮蛇处于劣势，搏杀起来的话，鹰吃蛇的可能性要大于蛇吞鹰。大自然的食物链很复杂，有些是固定的吃与被吃的关系，如虎和羊，羊永远被列入虎的食谱，绝无倒过来的可能。有一些属于食谱互换的关系，换句话说，吃与被吃的关系并非固定不变的，在某种特定的情形下，狩猎者成了猎物，而猎物反倒成了狩猎者。如山豹是吃野猪的，可要是嘴角翻卷着獠牙的凶猛的公野猪刚好遇到年老体衰奄奄一息的山豹，也会毫不客气地尝尝豹子肉的滋味。蝮蛇和山鹰，在大自然的食物链上，就属于食谱互换的关系。成年蝮蛇遇到还不会飞的雏鹰，鹰就被列入蛇的食谱，结果必然是蛇吞鹰。

　　金追出于对毒蛇的本能畏惧，一面虚张声势地啸叫，一面往后退却。退了两

生的浮力，猛地一跳，跳到旁边的一根横枝上，躲过了蛇的圆环。不仅如此，蓝灿又借势在蛇尾上猛啄了一口。双尾蝮蛇恼羞成怒，鲜红的蛇芯子急速吞吐，仿佛在说：你是成年山鹰我怕你，你是黄口未成年鹰我还怕你不成！然后身体拧麻花似的扭动，蛇头唰地转向，扔下金追转而攻击蓝灿。

又一个让金蔷薇惊讶的情景出现了，蛇头刚刚转向，金追就摇扇翅膀跳到蛇身上，鹰爪猛烈撕抓。小家伙的爪子虽不够尖利，但毕竟是以"钢爪"著称的山鹰的爪子，且已是快进入青春期的候补雄鹰了，没能将蛇撕得皮开肉绽，起码也在蛇身上抓出道道血痕。双尾蝮蛇疼痛难忍，倏地又转换攻击目标，蛇牙再次瞄准金追。

两个小家伙仿佛事先商量好了似的，蛇头对准哥哥鹰，弟弟鹰弯钩似的喙就毫不客气地啄向蛇尾；蛇头瞄准弟弟鹰，哥哥鹰尖利如刀的爪子就趁机从背后撕抓蛇身。

双尾蝮蛇腹背受敌，顾此失彼，虽然受到的攻击都未形成致命伤，却也搅得它心神不宁，狂躁地扭翻身体、晃动脖子，显得十分焦急。

毕竟是蜕过几次皮、手段老辣的成年蝮蛇，它突然间用尾巴在一根细树枝上打了个圈，以此为支点，一米多长的身体腾空而起，大幅度甩摆，就像一根棍子在左右横扫。"蛇棍"先扫向蓝灿，蓝灿所在位置躲闪余地大，它惊叫着后跳，躲过了一劫。"蛇棍"又扫向金追，金追所在的位置空间极小，躲无可躲……

金蔷薇看出了双尾蝮蛇的险恶用心，是要将一只鹰扫下树去，解除腹背受敌的钳制，然后专心对付另一只鹰。想到这一点，它突然惊醒。毒蛇正在行凶，它却袖手旁观，要是两只鹰都死于非命，它岂不成了最愚蠢的千古罪鹰！它立刻向金钱松俯冲下去。

"蛇棍"扫荡过来，金追朝后仰倒，身体翻出巢去，两只鹰爪紧紧抓住一根细树枝，像枚果子似的悬挂在金钱松上。双尾蝮蛇继而转向失去了依傍而显得孤单的蓝灿。

金蔷薇从天而降，发出尖锐的啸叫。

见到成年山鹰归巢，双尾蝮蛇的嚣张气焰立刻一落千丈，盘紧身体张大蛇嘴做出要与金蔷薇血战到底的姿势，其实却色厉内荏顺着树干不断往后退缩，躲进茂密的树叶中，突然尾巴缠在树枝上玩了个倒挂金钩，跌下树去，惊慌失措地钻进一条深深的岩缝。

等到金蔷薇飞回巢，哥哥鹰金追已依靠自己的力量从巢下翻了上来，两个小家伙显得异常兴奋，围着金蔷薇叽叽喳喳不断啸叫，诉说着惊险与激动。

多么勇敢的鹰啊，要是它们身上没有骨肉相残的不良基因，而是精诚团结，携手互助，那该是多么理想的一对兄弟鹰啊！

9

金蔷薇躺卧在鹰巢中，受伤的右翅膀耷拉下来，忐忑不安地望着正站在枝丫上摇扇翅膀的两只鹰。

它们迎风而立，金褐色的美丽的羽毛随风舞动，张开巨大的翅膀，用力拍扇，双翼鼓起风，产生一股向上升腾的力量。它们的爪子紧紧抓住树枝，随着翅膀摇动节奏的加快，升腾之力越来越大，身体奇妙地向上飘起，连爪下的树枝也被高高拉起。

当鹰的翅膀基本发育好后，它们就会天天站立枝头摇扇翅膀，锻炼翅膀的力量，体验腾飞的感觉，积累自信和勇气。这是鹰的飞行预习，这个过程大约持续半个月，此后的某一时刻，鹰就会松开抓住树枝的爪，摆脱大地的羁绊，自由地飞翔于蓝天下。

屈指一算，金追和蓝灿进行飞行预习已有十六天了，体内的飞行时钟，今天已走到翱翔蓝天的刻度上了。

　　本来，金蔷薇设想得非常完美，去尕玛尔草原捕猎一只梅里山鹰爱吃的野兔，好好犒劳两只翅膀已经长硬的鹰，也算是提前庆祝它们首飞成功。然而，不幸的事发生了，它在狩猎时右翼受伤了。

　　事情是这样的，它在高空发现一只躲在草丛里的长耳朵野兔，便平展翅膀像片枯叶似的朝目标俯冲下去，眼瞅着尖利的鹰爪就要揪住兔背了，突然间，可恶的野兔唰溜一个横滚。它清楚野兔想干什么，野兔是想仰面躺地，两条长长的后腿蜷缩在胸口，当鹰爪落下去，兔背依靠地面的力量，兔身倒竖起来，两条结实有力的后腿闪电般朝天空踢蹬。这就是有名的"兔子蹬鹰"，鹰若不慎被踢中，非死即伤。金蔷薇是只有经验的母鹰，遇到这种情况，最保险的办法是放弃第一波攻击，拍扇翅膀飞升起来，绕个圈实施第二波攻击。可它在刹那间的犹豫后，鹰爪还是朝野兔抓了下去。它是这么想的，这块草滩地形复杂，假如此时放弃攻击，野兔极有可能趁机翻爬起来，一头钻进草丛间隐秘的洞穴中，忙乎了半天，连一根兔毛也抓不到。它不甘心就要到手的猎物在自己眼皮子底下逃掉。另一个促使它继续攻击的因素是，野兔只是侧翻而已，并没完成仰躺收腿的动作，也就是说，估计它能抢在"兔子蹬鹰"前将野兔擒获。于是，它继续向野兔伸出爪去。它确实抢在野兔仰躺前抓住兔脖子了，但抓住的不是后颈，而是颈窝，在它揪住兔脖子往上拉升、兔背脱离地面的一瞬间，野兔完成了仰躺动作，两条长长的兔腿收缩于胸部。金蔷薇意识到有危险，想松开爪子扔掉野兔，但已经迟了，只听见嘣的一声，它的右翼一阵酸麻，好几片翮羽像秋风扫落叶似的在天空飘飞，身体也陀螺似的打转，并往下沉落。它不得不扔掉野兔，却仍无法正常飞行，翅膀每摇动一次，就火烧火燎地痛。幸亏野兔是在空中做出的"兔子蹬鹰"，角度偏斜，力量也有限，不然的话，它的翅膀当场就会被踢断，变成一只只能在地面行走的"鸡"。

它艰难地摇动受伤的翅膀，歪歪扭扭，飞飞停停，好不容易才飞回鹰巢。它没能带回食物，它不知道，处在饥饿中的兄弟鹰，一旦飞起来了，会不会在空中上演一场手足相残的悲剧。

它忧心忡忡，无比焦虑。

明丽的阳光照耀着日曲卡雪峰，照耀着葱郁的森林和碧绿的草原，天空一碧如洗，大地生机盎然，一股强劲的山风吹来，金追的双翼鼓得像两面小小的风帆，接着一股强大的气流从山谷沿着峭壁上升。金追突然松开了握抓树枝的爪子，好风知鹰力，送我上青云，气流将金追像风筝似的高高托起，它平展双翼，在蓝天白云间滑翔。

哦，勇敢的哥哥鹰，首飞成功，完成了由未成年鹰向青年雄鹰的飞跃。

开始时，金追还飞得有点生疏，翅膀的摇扇略显僵硬，飞得忽高忽低，遭遇旋转的气流时，身不由己地被转得晕头转向，但在辽阔的天空中盘旋了几圈后，很快就飞得熟练而潇洒了，追云逐日，羽翼间两道金色斑纹犹如闪电。

突然，金追一个翻飞，从高空向金钱松俯冲下来。弟弟鹰蓝灿站在树冠上，正在摇扇翅膀预习飞行。金追俯冲的角度，正对准蓝灿。金蔷薇紧张得浑身发抖，它想起那只名叫莱凝的母鹰，曾经用分巢养育的办法，将两只雏鹰同时养大，结果其中一只鹰首飞成功时，做的第一件事就是扑杀副巢中尚未能飞行的兄弟。难道历史的悲剧就要重演？金追气势磅礴地俯冲下来，洒下一串高亢嘹亮的啸叫。金蔷薇悲哀地闭上眼睛，它的翅膀受了伤，它已经没有能力阻止哥哥鹰行凶了，如果金追想要扑杀蓝灿的话，它只能听天由命，接受最惨痛的现实。它闭起眼睛，是不想看见弟弟鹰蓝灿被掐断脖子后抛下悬崖的血淋淋的镜头。好几秒钟过去了，并没有传来弟弟鹰蓝灿垂死的鸣叫。它奇怪地睁开眼，蓝灿还好端端地站立于树冠上预习飞行，金追则在树冠上方翩然巡飞，忽而大幅度地摇动翅膀顶风冲刺，忽而平展双翼顺风滑翔，一面飞还一面发出兴奋的啸

离大地便丧失威风。

可这条怪胎双尾蝮蛇比预料中的还要厉害，它被鹰爪拎到空中的一瞬间，柔韧的身体唰地就弯成"U"形，三角形的蛇头迅速反蹿上来，露出尖利的毒牙朝鹰爪恶狠狠地噬咬过来。

金蔷薇居高临下看得清清楚楚，金追要摆脱危险，唯一的办法就是松开那只揪住蛇尾的爪子。

当然，金追一旦松开爪子，这场狩猎也就半途而废了。金追刚刚开始从地面升腾上来，现在所处的位置也就是三四米的低空，双尾蝮蛇在这么个位置掉下去，是不会摔死也不会摔晕的。底下是乱石遍地的灌木丛，受了惊的蝮蛇犹如鱼回水中，很快就会消失得无影无踪。

这没什么，就当是一场失败的演习。不管怎么说，保全自己永远是第一位的，捕捉猎物只能是第二位的。自己性命都保不住了，捉住猎物又有何用呢？

果然，金追松开了爪子；果然，双尾蝮蛇向灌木丛中掉下去。

就在这成败转折的关头，突然，弟弟鹰蓝灿箭一般飞过来，矫健的身影贴着地面画过一道漂亮的弧线，在双尾蝮蛇跌入灌木丛的一瞬间，一爪揪住蛇尾，再次将它拉升到空中。那与众不同的金蓝色嘴壳，就像孔雀翎那么鲜艳华丽。

双尾蝮蛇再次向上反蹿，三角形的蛇头朝蓝灿腹部咬来。这时候，蓝灿已升到十多米高的空中了。蓝灿没等毒蛇噬咬，及时松开了爪子。双尾蝮蛇刚开始往下掉，哥哥鹰金追又疾飞而至，揪住蛇尾。两只青年雄鹰配合得非常默契，及时、准确、到位，衔接得恰到好处。兄弟俩就像在玩接力赛一样，双尾蝮蛇就是一根特殊的接力棒。本来嘛，梅里山鹰就是天之骄子，空中抛物、接物，是一种与生俱来的本领。

兄弟俩节节飞升，很快将双尾蝮蛇带到高空。三角形的蛇头的反蹿噬咬越来越乏力，蛇骨抖松了，脊椎脱节了，终于再也无力抬头反蹿，变得像根烂草绳，垂直挂在蓝灿的鹰爪下。金追飞过去，铁钳似的爪子揪住了蛇的七寸，凶悍的蝮蛇终于停止了最后的挣扎。

天色渐暗，兄弟俩将蝮蛇带回巢，一家子共享丰盛的晚餐。曾几何时，这条可恶的双尾蝮蛇偷袭鹰巢，差点吞食了还不会飞行的金追，如今，雄鹰展翅，强弱逆转，蜕过几次皮的蝮蛇成了鹰的美餐。兄弟俩初出茅庐就擒获了一条成年蝮蛇，对梅里山鹰来说，无疑是创造了一个奇迹。

金蔷薇大口啄食鲜美的蛇肉，这是它有生以来吃得最香的一顿晚餐。不但用蛇肉填饱了肚皮，还品尝了成功的喜悦。它的辛苦没有白费，它所付出的巨大心血终于有了可喜的回报。

梅里山鹰，开创了同窝养育两只雏鹰的新纪元，从这个意义上说，它放飞了精彩，放飞了希望，放飞了辉煌。

鸟儿的色彩

[印度] 拉迪卡·贾

当我从勒克瑙①搬到孟买的时候，我知道自己最想念的，一定会是勒克瑙的鸟儿。所以，临走前的最后一个早晨，我很早就起床了，给自己沏了一杯茶，端着茶走到了花园里，独自一人静静地站在那儿。

天色尚早，花园看起来就像一个幽暗的洞穴。清晨的温度很低，鸟儿都还没有露面。但是我知道它们就在这里，正从温暖舒适的巢里望着我。

回头看看身后的房子，我知道自己走之后不会想念它，包括里面住着的人：父母、祖父母、叔叔、阿姨、爱管闲事的用人，还有那条散发着臭味的老狗。

然后，我同鸟儿们道别。再见了，忠贞的犀鸟。再见了，看起来总是忧心忡忡的巨嘴鸟。再见了，亲爱的白喉红臀鹎。再见了，善鸣的百灵。再见了，优雅的孔雀。再见了，巧舌的八哥。再见了，威风的秃鹫。再见了，美丽的金背啄木鸟。再

①勒克瑙是印度北部的城市，北方邦的首府。

见了，我要离开这里，去大城市生活了。

孩提时，我梦想自己能变成一只鸟。这并不是因为鸟儿能够飞翔，我却不能，而是因为它们有缤纷绚丽的色彩。谁曾想过用灰色搭配红棕色，黑色搭配橙色，紫色搭配绿色和黄褐色？我曾经试图在穿衣服时复制同样的色彩搭配，但是看上去很别扭。即使成年以后，每当看到一种新的鸟，我心中都会涌起同一种复杂的情绪，既有敬畏，又有艳羡。

我刚到孟买的时候，暂时借住在一个世交好友的空闲公寓里。在我住的那条街上，鸽子们就从道旁树上朝人行道拉屎。早晨的时候，我一边喝茶，一边观察它们，心里充满了不屑。难道在孟买唯一能看到的鸟类就是这些鸽子吗？

经过几天不和任何人说话的日子，我发觉这些鸽子其实一点儿也不乏味，它们醒目的灰色羽衣上实际上散溅着暗暗的珍珠紫，紫中又带着闪亮的红铜色和灰绿色。后来，我被迫越来越往北去，寻找价位合适的住所。每天我都要乘火车，长途跋涉，沿途几乎看不到一棵树，都是混凝土的建筑物，散发着令人作呕的气味。偶尔看到的几棵树也不像是本地的，反而像是流亡的人或者非法移民似的，胆怯地躲在建筑物之间的缝隙里。还有就是这城市的味道，混合着下水道的污水味和大海的咸腥味。这种味道无处不在，让身处其中的我感到更加孤单和寂寞。

最后，我决定搬去班德拉居住。

那里曾经是美丽的北部郊区，现在却变得和孟买的其他地方一样，到处都是房子。这些新的公寓区，都建在以前老旧的红砖房的废墟上，它们从一大片碧绿的热带雨林中，伸出了瘦骨嶙峋的脖子。树木之于建筑物，就像鸟儿之于我。

然而，建筑物看起来宽大、呆板，不具有想象力，即使和最普通的树比起来，也缺乏那种结构上的精致和优美。但是，这座城市似乎很喜欢这样的建筑物。

我的新房子在四楼，由于公寓建在一个小山坡上，我有幸可以在左边的角落看到树。我的房间正对着一栋墙体已经起皮的建筑，它那涂成黑色的窗户看上去就像盲人戴的眼镜。其中五层的一套房子引起了我的注意，因为它的装修非常漂亮。它的窗户是唯一没有涂色的，房间里面布置得简约时尚，就像是你在室内设计杂志上看到的那样。只有卧室躲在厚重的丝绸窗帘后面，保持着神秘。

和它相比，我的房子只能算是一个大的房间，从中一分为二，一边是卧室，一边是客厅。没有阳台，但是有一整面墙的落地窗。由于我的工作是在电脑上完成的，落地窗很快成为我和外面世界联系的"窗口"。

鸟儿的色彩

　　小区里最让人印象深刻的树是一棵珍贵的老菩提树，差不多有五层楼那么高，我猜它至少有两百岁了。我的窗户正对着它最大的一根树枝，如果我稍稍斜着身子往下看，就会看到它长在小区最左边的墙角里。有人在这棵老菩提树的根部立了一个神龛，用红色和黄色的丝线把树干裹了起来。

　　但是我感兴趣的并不是人对它做了什么，而是鸟儿对它做了什么。这棵菩提树就像一栋公寓楼，不同的高度住着不同种类的鸟。树顶上住的是猛禽，大多是隼和小型的鹰，偶尔会有体形较大的白头鹰飞过来，逗留片刻，吓得其他的鸟儿都飞走了。紧接着下面一层，被上面的猛禽所忽视的是一群二十只左右忙忙碌碌的小鸟，我一直不知道它们叫什么。它们长着浅灰色和黑色相间的羽毛，但是喉部和翅膀下面是红色的。我很喜欢这群小鸟，瞟一眼它们身上鲜亮的羽毛，我就会一整天心情愉悦。

　　中部的树杈正对着我的房间，住的几乎全都是乌鸦，不过也有少数几只鸽子。当我坐在窗边的时候，数量庞大的乌鸦就会用一种狡猾的眼神看着我。我总觉得迟早有一天它们会发动攻击，在它们刀片一样锐利的喙面前，玻璃将不堪一击。但是它们从来没有真正袭击过我，反而乐此不疲地互相争吵、打斗。这些乌鸦分成了两派，分别栖在两边的树枝上，左边比右边稍高一些。它们就像蒙太古和凯普莱特①家族一样势不两立，整天在两边的树枝上上蹿下跳、互相叫骂。一旦分属于敌对阵营的两只乌鸦打了起来，它们各自的同伴就会在自己的领地上又叫又跳，加油助威。有时候，某只乌鸦会因为太过于投入而从栖息的树枝上摔下来，往往在最后关头才想起来要自救活命。观察这些乌鸦，尤其是小乌鸦，是一件非常有趣的事。经过一段时间的相处，我觉得它们其实并没有之前看上去的那么丑。而且我发现它们对别的鸟儿非常包容，因为它们中间混进了两只杜鹃。一个偶然的机会，我居然瞟到一只啄木鸟混在乌鸦堆里，你都想象不到我当时有多开心。

一天，我向窗外看，惊讶地发现一只鹰栖在离乌鸦群不远的枝头。每当有乌鸦离它太近，它就会笨拙地拖着爪子向右挪动。除此之外，它什么也没做，一直凝望着天空，年轻的身体上，每一根羽毛都写满了沮丧。

第二天，那只鹰还是没有离开，乌鸦们开始变得不那么礼貌了。其中的一只乌鸦不停地绕着那只鹰打转，时不时轻轻地啄它一下，鹰假装不理会这种挑衅。我冲着这只乌鸦挥手，试图把它吓走。这些鸟儿可能已经习惯了我的存在，或者它们根

---

①蒙太古和凯普莱特是《罗密欧与朱丽叶》中两大敌视家族。

本看不到窗户后面的景况，无论是那只鹰，还是乌鸦们，一点儿都没注意我。

见那只鹰并没有什么报复性的举动，来自凯普莱特家族（左边树枝上的一群，与右边的相比，体形较大，性情也凶猛很多）的乌鸦开始辱骂它。它们刚开始还只是偷偷摸摸的，想等着鹰睡着了再行动（那只鹰明显因为饥饿变得很虚弱，确实经常会睡着）。但是它们一会儿就等得不耐烦了，开始三三两两地袭击它。每一次，当乌鸦们得意地哇哇大叫，从各个方向发动攻击，鹰只是无力地拍打着翅膀。我看不下去了，于是探出身去，冲着乌鸦大吼。这一次，它们终于注意到了我，吃惊得暂时忘记了那只鹰。

可是，片刻之后，进攻又开始了。

这似乎变成了一场游戏，每一次我走到窗边对着乌鸦喊两声，它们就会暂时停止对那只鹰的袭击，可是一旦我走开，它们就又会展开行动。飞走吧，我在心里轻轻地祈求，下一次也许我就不能及时赶过来救你了。可是它仍然固执地栖在原处，不断地损失着身上的肉和羽毛，变得伤痕累累。

眼看一个下午过去了，我变得越来越担心。但是大约到了下午茶的时间，奇迹出现了。一只中等体形的乌鸦突然飞过去保护那只已经遍体鳞伤的鹰，它首先从背后袭击其他的乌鸦，随后停在鹰的身边，用尖利的喙去啄其他乌鸦的眼睛。冷不防被它这样一搅和，其他的乌鸦后退了一些。这个变故发生的时候，我幸运地就在旁边，看到了事情的全过程。

最后，乌鸦们的攻击越来越弱。夜幕降临，我被迫把注意力转回到房间里。第三天早晨，我又来到了窗前。鹰和那只乌鸦还在，就像邦妮和克莱德①一样背对背栖在原地。它们和其他的乌鸦，你瞪着我，我瞪着你，僵持着。那只鹰看起来比之前好了一点儿，有了精神，也有了兴致。我很是疑惑：它为什么不飞走呢？

到了正午时分，答案揭晓了。那只英勇的乌鸦飞到了附近的一个垃圾箱上，乌鸦们平常很喜欢在那里觅食。它飞回来的时候嘴里叼着什么，看起来像一只死老鼠，它把那个东西轻轻地放在了鹰的身旁。那只鹰起先还装作无动于衷的样子，但是当那只乌鸦的视线转到别的地方，它就小跳了两步，匆忙吃着那一点儿食物。乌鸦心满意足地飞起来，又去寻找更多的食物。

这种情况持续了几天的时间。当那只英勇的乌鸦出去寻

---

① 邦妮和克莱德是 1967 年美国电影《雌雄大盗》中的两位主人公，影片由导演阿瑟·佩恩根据真人真事改编而成，邦妮与克莱德背靠背持枪战斗是影片中的经典场景。

找食物，以及抵抗其他乌鸦新一轮的进攻时，鹰就只是栖在树枝上。一天，那只鹰展开了翅膀，尝试着去飞。但是它并没有飞多高，大约只向空中飞了一英尺①那么高，就好像耗尽了力气，滑落下来，重新回到原来的树枝上。

这一幕发生的时候，我就在窗边。当鹰又回到了原地，我不知道自己是应该感到悲伤还是感到庆幸。

之后，我认识到鹰重获信心只是时间问题。所以，我把工作丢在一边，花更多的时间在窗前观察它们之间这份奇怪的友谊。如果不是目睹了这一切，我绝对不会想到乌鸦会冲过去保护鹰，我想生活原来比小说要离奇得多。不知道我最近频繁地在窗前活动，有没有被什么人注意到。

当那只鹰终于飞走了，我兴高采烈地给父母打了个电话。像往常一样寒暄一番之后，我兴奋地说："你们猜我看到了什么？一只乌鸦保护了一只鹰。"

"什么？你在说谁？你的邻居？老板？看过的电影？我猜一定是一部电视片。别看那么多电视，你应该多出去走走，见见同龄人。"父亲说。

"好的，好的，好的。"我不住地答应着，话筒越拿越远，

———————————

①英尺是英美制长度单位，1英尺约等于0.3米。

那边的说话声越来越模糊，渐渐要听不见了。随后，听筒里传来父亲焦急的声音："喂？女儿，你还在听吗？"

"是的，我在听。"我疲倦地回答。

"你吃得好吗？一切都好吗？你如果不喜欢那边的生活，随时可以回来。"

"我很好。"说完，我放下了电话。

几个月后，这棵老菩提树结出了果子。许多新的鸟飞了过来，主要是长尾鹦鹉，也有六只赤胸拟啄木鸟，它们都来享用树上美味的红色果子。赤胸拟啄木鸟比它们的近亲绿拟啄木鸟体形要小一些，但是它们非常贪吃。我看到它们一天到晚从一簇果子飞到另一簇果子，不停地啄着，让我几乎都不能相信自己的眼睛。赤胸拟啄木鸟长得实在是太漂亮了，我的视线都没法离开它们。它们身体的颜色是早春的新绿色，夹杂着介于深蓝和深绿之间的斑纹，这是整个拟啄木鸟家族共有的特征。它们的眼睛美得惊人：墨色的眼圈，添上一圈柠檬黄的羽毛，瞬间亮丽起来。不仅如此，为了使眼睛更加独特，某位画家围着柠檬黄画下了深蓝色的一笔。它们的颈上长着土耳其蓝和佛青色的斑纹，额头和胸前长着耀眼的绯红色斑点。为了吸引大家的视线，那一位画家又在胸前的绯红色斑点上面添上了柠檬黄的斑点。

鸟儿的色彩

早晨的时候，这些鸟儿会落在邻近小区的一根电线杆上晒太阳。

它们绚丽的羽毛沐浴在清晨柔和的日光中，变得更加光彩夺目。但是拟啄木鸟并不是这个电线杆上唯一的客人，它们还要和麻雀、鹦鹉们竞争。最终，这三种鸟达成了妥协，每一只都在上面找到了自己的位置，就连原本停在电话线上的几只乌鸦也挪了过来。我之所以提到拟啄木鸟之外的其他几种鸟儿，是因为有一天我注意到了一件奇怪的事情。一只乌鸦停在了电线杆顶部的横栏上，而所有的拟啄木鸟都栖在那里。这两种生物在一起形成了一个惊人的对比：拟啄木鸟美丽优雅，娇小可爱，而乌鸦又大又黑，笨拙粗鄙。拟啄木鸟面对乌鸦似乎感到很困惑，但是由于它们体形娇小，除了无视它，也别无他法。不过这种无视似乎刺痛了乌鸦，它竖起了全身的羽毛，发出刺耳的叫声，控诉着世界的不平等。与此相反，拟啄木鸟的叫声则像银铃一般悦耳动听。

每天这只乌鸦都会离开同类，混在拟啄木鸟中间，试图使自己显得娇小一些，好像这样就能使它变成一只拟啄木鸟似的。当然这不过使它变得更加滑稽可笑，但是它似乎丝毫不在意这一点。在我看来，它已经被拟啄木鸟的美丽迷住了。上午十点至十一点之间，拟啄木鸟们就会飞到菩提树最高的树枝上吃东西、晒太阳。这时候，这只乌鸦也只得恋恋不舍地重新回到同类中去。

一天，当我的目光同往常一样追随着飞向高处的拟啄木鸟，我注意到自己非常喜欢的那套装潢漂亮的房子的窗前站着一个男人，他正朝我挥手，还向我抛送飞吻。我猛然从窗前跳开，好像窗户突然变成了有毒的东西。然后，我重新走回到窗边，拉上了窗帘，整个房间陷入了一片黑暗中。我可爱的房子变成了一个透明的玻璃笼子，我觉得自己必须走出去。

我拿起钥匙和手袋，打开门，走了出去。

走在街边的人行道上，我觉得被人跟踪、监视着。我飞快地走着，直到遇到了一家咖啡馆，我转身走了进去。点完咖啡后我才发现，原来我不由自主地走进的就是自己平时最喜欢的那一家咖啡馆。它的屋子外面有一个小院子，正好处在一棵菩提树的荫蔽之下。我就坐在树下，除了我以外，就只有一个桌子上有客人。在咖啡和松饼的作用下，我慢慢放松了下来，开始思考该如何和我的邻居相处。我想得太入神了，一点儿都没注意到附近有一只乌鸦。等发现的时候已经太迟了，我的松饼都已经被它吃光了。而且，这只乌鸦也太放肆了，它并没有走远，就停在离我只有两英尺的地方。如果没有遇到过那只想成为拟啄木鸟的乌鸦，或者那只救了鹰的乌鸦，我一定已经拿东西砸它了。但是，因为那两只乌鸦，我只是宽容地看着它，就像人们对待一个淘气的两岁孩子那样。

"多么顽皮的鸟儿！需要给您再来一份松饼吗？"一个男人低沉的嗓音响了起来，带着戏谑的成分，但是还在可以容忍的范围内。我抬起头看着他，脑子里已经自动组织了拒绝的话。

"乌鸦是种有趣的生物，虽然很丑，却很通人性。"他说。

"你……你喜欢乌鸦？"我结结巴巴地说。他长得很英俊，是那种带着现代感的、简单坦然的英俊。

"我给你讲一个关于乌鸦的真实故事吧，就发生在孟买。"他把椅子拉近了一些，"从前有一个老人住在一栋就像上面的公寓楼一样的大楼里，他是一个富有的商人。在他七十五岁的那一年，比他年轻几岁的妻子去世了。临终前，她让丈夫许诺把她的骨灰带到巴纳拉斯去。所以，老人把家和生意都交给儿子们掌管，并且经律师授权他们全权处理自己的所有财产。做完这一切，老人动身去了巴纳拉斯。可是等他回来的时候，没有一个人在火车站接他。他回到家，发现自己连门都进不去。他试着打电话给儿子们，却没有一个人接，而他的信用卡也不能用了，老人沦为了一个乞丐。最后，一个年迈的守夜人让他暂时在楼梯下睡一夜。但是第二天早晨刚到六点，那个守夜人就叫醒了他，求他离开，老人只能流落街头。他在街上住的时间并没有多久，无论他找到什么吃的，都要与乌鸦和鸽子们分享。很快鸟儿们都熟悉了他，它们都会飞过来停在他的肩膀上，一点儿也不害怕地从他的手里啄食吃。当老人去世的时候，乌鸦们一路跟着他的遗体到了火葬场。直到他的身体被烧成了一堆灰烬，它们还停在那里为他哀悼。"

当我终于能说话了，我问他："你是怎么知道这个故事的呢？"

"那位老人是我的祖父。"他答道。

突然之间，我明白了自己要做什么，想也没想就对他说："你可以从我的房子里近距离地看到乌鸦，我一直都在观察它们，你想什么时候过来看看吗？"

刘雅菲　谢清华　译

进入城市的牧犬

牧 铃

1

场长破例批准退休老牧工带走 09。"09"是一条牧犬的编号。它远不到"退休"年龄，但场长知道，这条身强体壮的牧犬尽管勇猛无敌，却特重感情。它会在老牧工离去之后迅速"衰老"——牧犬中类似的事例太多了！既然如此，不如做个顺水人情吧。

场部的大卡车把老牧工和 09 一起送进湘滨那座小城市，在一排居民楼前停下。汽车喇叭把老牧工的儿子、儿媳妇和孙子都唤出了大门。

老牧工乐得合不拢嘴。他蹲下，向胖孙子张开双臂。小胖子犹豫地看看老牧工皲裂的大黑手，忽然叫道："妈，我不要爷爷抱，爷爷好脏！"

"傻！"儿媳妇挤出一脸笑，"乖乖，去亲亲爷爷，爷爷要给小宝大钞票，好多好多！"

老牧工脸上掠过一丝尴尬，摸出一张百元大钞。孙子扑上来就抢："就一张？"小家伙喊，"不，我还要！"

"干吗带了条老狗？"往车下搬行李的儿子皱着眉头说。

"不老，它才 3 岁，跟咱小宝同年同月……"

跑过来看狗的胖孙子被跳下车的 09 吓了一跳，哇地哭了。儿媳妇扯开小宝，用尖鞋跟狠狠地踹了 09 一脚："真讨嫌哪，这老脏狗！"

老牧工脸上的笑僵住了。儿子不吭声，虎着脸，把老牧工的东西乒乒乓乓扔了一屋角。

吃晚饭时没见儿媳妇和孙子。"小宝呢？"牧工问。"回姥姥家了。"儿子说，说罢自己也走了。

以后他们就住在姥姥家，只有周末，才例行公事地到"脏爷爷"这边来一次。老牧工就得为那一顿团聚的午餐忙上两天——买菜，杀鸡，剖鱼，炖肉……吃饱喝足，儿孙匆匆离去，留下老牧工独自守着满桌剩菜，一声不吭地坐上好久。大半个星期里，他和 09 就吃那些剩菜，直到再次上街为周末的午宴采购。

被老牧工牵着走向菜市的 09 常常要挨上几扫帚，那些扫街的人一个个像跟它有深仇大恨似的。09 忍受着。它的忍耐性连老牧工都感到不可思议。早先，无故挨打，它是要龇牙咧嘴提出抗议的，火气旺时，它还会不服气地夺下人的武器，可

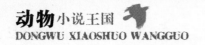

现在，它似乎对一切都满不在乎了……

没有了愤怒，没有了抗争的勇气，09还能算一条牧犬吗？老牧工摇摇头。就像他，一个远离了畜群的老人，尽管牧场还给他发工资，人家也称他老牧工，但他早就不是一名牧人了。他成了一个多余的人，家庭和城市的累赘……

不想让09闷着，老牧工领它上阳台侍弄花。花蜜的甜香让09回忆起牧场，它情不自禁地吠上几声。

对面楼窗户打开了……

"谁家的狗乱叫？"有人声色俱厉地呵斥。

老牧工忙搂住09，迫使它安静下来。没法子啊，伙计，这里是城市。城里人能忍受那些震得人太阳穴一跳一跳的"音乐"，却不允许一条狗发泄几声。老牧工把09拴在单元大门边的院墙下。那些进出的男女开始都被吓得尖声怪叫，后来见它不咬人，又肆无忌惮地踢它、打它。

孩子们把09当作游击战的假想敌人，用橡皮筋拴上"纸弹"远远地朝它射击。09闭上眼睛忍受着，不咬不吠。它知道吠叫会给老牧工惹麻烦。孩子们玩累了，才停止攻击，一哄而散。

日子变得老长老长。有时，09睡过两觉，醒来，还没过完上午。大多数日子它是睡不安稳的，人、车、机器发出各种声音，这些声音混合成比雷声更吵人、更持久的喧嚣，使它老梦见自己在大街上被车、被人追着打着。

深夜，噪声和汽油味儿汇成的潮水才恋恋不舍地消退。09松了口气，老牧工会在临睡前替它解下链子，让它在围墙内狭小的空间里自由走动，09便尽量不出声地放松一下筋骨，动作轻缓得像一条老狗。

2

紫石公园深处，石拱桥旁的花坛边走着一个蹒跚学步的小男孩，小男孩只系着红兜肚。

09趴在一旁痴痴地看着。

"斗（狗），一只大斗（狗）。"小男孩对它叫着，用胖乎乎的手摸摸09结实的脖子。小男孩的信任使09很感动。到城里这么久，它接触的全是害怕、仇恨的目光。邻居们只要一见到它没拴链子，就冲着老牧工吼叫。只有此时此地，在傍晚游人稀少的公园一角，老牧工才敢给它卸下项圈，让它享受一小会儿深夜才能享受的自由。

小男孩爬上了石拱桥。

桥下是鲜花盛开的荷池。浓香填充着池畔每一寸空隙，偶有清风吹来，荷香便悄悄地分流出一小股弥漫开去，于是公园沉醉在一种与城市中心绝不相同的情调中。那石拱桥、荷花和夕阳中爬行的光屁股小男孩等，都唤起了09对牧场的记忆——风吹草浪，暮归的畜群，奶香……

小家伙从桥栏杆上探出身去："花花！"他喊。

09远远地望着。它很想跟那个对它不存戒备的小男孩玩玩，但它不敢。因为每次它试着接近孩子，都会引起大人的震惊和打骂。"花——"小男孩突然翻过栏杆跌下水去！

09没有迟疑，它嗖地扑向荷池游到桥下，叼住小男孩系兜肚的带子，小心地让他的头露出水面，泅向岸边。刚放下小家伙，就有个花枝招展的女人哭叫着跑过来。

"该死的野狗，你还真咬人哪？来人呀——救命——野狗要吃孩子啦！"女人喉头像装着喇叭。

几个男人闻声赶来。

09不知女人叫些什么。它只知道女人很愤怒，而且那愤怒是冲它来的。它没逃。经验告诉它，逃只会引起更大的骚乱。它一动不动，任那些人将石块砸在它身上。

老牧工忙替09套上锁链，又向公园管理员缴了罚款，牵着09走回家去。

从那天起，老牧工只敢把09领到城外的湖滩地去玩儿了。他们在那儿赛跑，抢球，抓鱼，追野兔……周末，老牧工第一次忘了为儿孙准备"午宴"。赴宴扑空的儿媳妇赌咒再也不叫他爸爸了。儿子便牺牲了半天去调查，最后在湖边"逮"着了老牧工和狗。

"看你看你，像个啥样子！"儿子像训斥后辈那样熊他老爹，"家也不要，孙子也不要了，往后，就跟你的狗过活去！"

老牧工嘴唇抖抖的，竟一句话也说不出来。

"走哇！还要我雇人抬你上车么？"儿子吼叫。

09从老牧工颤抖的身上感觉到老主人正忍受着极大的屈辱，一颗火星在它心上绽开了，那是久违了的，当牧工或畜群遭到侵犯时从牧犬胸中迸发的愤怒！霎时，它如同合上电闸的机器般进入了战斗状态，它闪电般地跃起，将那五大三粗的年轻汉子扑倒在地。

"救命呀……爹！快拽开这疯狗……"下面的话被吓回去了。09雪亮的尖牙贴上了他的脖子。

"算了吧，09。"老牧工坐下来，轻轻地说。09用充血的眼睛狠狠地瞪了那小子一眼，不甘心地回到老牧工身边。吓破了胆的儿子连滚带爬地逃向他的摩托车，一溜烟跑了。

老牧工和狗相偎在夕照中，坐了好久好久。

3

在获得自由的深夜里，09练习奔跑，无声无息地跟想象中的野兽搏斗。有一夜，奔跑着的09被一种异样的声音吸引过去。后院墙头上跳下一个穿黑衣的陌生人。看到大狗，那人愣了愣，掏出一团东西扔在地上。

09闻到了卤肉的香味，但它没有动那肉。

黑衣人又扔了点什么，见09不叫唤，他大胆走近楼房，拿出一只"飞爪"嗖地抛上楼去。

"飞爪"抓住了二楼阳台的栏杆，那人拽住绳索攀缘而上。09仍不出声。城里人的种种怪癖令它见多不怪，它就没打算多管闲事，以免给主人添麻烦。它趴下了。

二楼电灯闪了一下又熄灭了。女人的尖叫像呼救。花盆摔碎发出更大的声响，这楼里的其他人竟没谁出来问一句。

黑衣人飞身而下，嘴里叼着雪亮的尖刀。这刀没吓着09，却激发了它的战斗意识。它纵身而起，那人的刀子飞了，被撞倒在地。09 冲他龇了龇牙，那家伙就没命地把头往一个鸡笼里钻。

笼中鸡咯咯咯咯闹成一片。隔壁的灯亮了。

"瘟狗咬鸡啦！"一个女人喊。那家门口就冲出一个人，冲 09 挥起一根长棒。09 闪开，长棒劈在黑衣人身上，黑衣人"妈呀"一声惨叫。

"不是狗，是贼！"持棒的男人叫着，长棒抡得更起劲了，"是个贼！狗把他逮着啦！"

所有的电灯都亮了……

4

"黑衣人"事件让 09 的处境有所改变。邻居们对它都亲热起来。大伙儿出了个主意，请老牧工让 09 夜晚在这邻近几个单元的院子里巡逻——他们被"黑衣飞贼"吓坏了。

于是一连几个院子中间的隔墙都打通了一个专供 09 出入的狗洞，09 的活动范围大多了。扔向它的，也不再是石头和酒瓶，而是蛋糕、肉骨头和馒头。为了让 09 对自家门院特别留心，好几家专门为它准备了美食，每晚放在固定地点。09 一概不吃。倘不是它在牧场养成了不随便捡食的习惯，它早被老牧工的儿子放置的毒饵弄死了，"黑衣飞贼"扔下的卤肉也足够置它于死地的。

09还是感觉到了人们对它的敬重。从此，它一到深夜就轻悄悄地在这些院落巡视，却再也没抓到过"飞贼"。那些小偷害怕"狗王"的名声，再也不敢到这一带来行窃了。

日子平平静静地流逝着。逐渐适应了城市生活的09将这一片属于它保护范围内的房子、人、猫儿、狗儿看作了自己管理的牧群。

它又找到了自己在人类生活中的位置。

电视剧《牧场上的军犬》需要为主角"战狼"找一个"替身演员"，有人推荐了09。

摄制组让老牧工带09去试试镜头。

外景地选择在湖边一个小牧场上。看到09，那位导演皱了皱眉头："怎么不是狼狗？它跟主角'战狼'外形上相差太远了——先考考吧。"

说罢，导演拿出件东西让09嗅嗅，然后扔向湖中。

09嗖地扑出，几乎跟那东西同时进入湖水中，随即以惊人的速度泅回岸边，将猎获物放在导演脚下。"用这法子来考09，太小看它了！"老牧工说，"它自小就能玩这个的。"

"是吗？"导演笑笑，"我可是试过几十条狗才遇上一条合格的！"他拾起了脚下的东西——一根快要融化的冰棍儿！

第二道考题是让 09 对付一名手持胶皮棍、身穿防护甲的壮汉。导演说，只要 09 能躲过打向它的 10 棍中的 7 棍，就算过关了。

"09，上！"导演下令。09 没动。它从没主动向人进攻的习惯。壮汉却不给它面子，当头一棍打来。猝不及防，09 被揍摔了个跟头。

"失分！"导演竖起一个指头。胶皮棍绕个圈，从后头袭向 09。这回 09 早有准备，轻轻一跳闪开了。第三棍打来时 09 早已进入战斗状态。趁长棍扫来之际，它的身子贴着棍子扑去，用重量和速度将棍子从人手中夺下，然后，它警惕地守住棍子不容那人走近。

身着防护甲的壮汉便不敢冒险去拾棍了。

"剩下的 7 棍免了。"导演说，"'夺棍'这一招，大大超出了考题的难度。'战狼'——"随着这声喊，一条狼狗仿佛从天而降……

这狼狗剽悍强壮，比 09 还高半个头。

老牧工放下心来，论格斗，谁也不是 09 的对手。09 曾经打退过 3 条真正的野狼！

导演并没让两条狗决斗。他派人提来一只笼子，放出一对灰色的大山鼠。眼看山鼠们就要消失在湖边的草丛里，导演才喝令 09 和"战狼"去追。

两个竞争者生龙活虎地追了过去。

山鼠逃窜着，从一个草丛奔向另一个草丛，快得像流星。但 09 比山鼠更快，纵身一跃，就在两个草丛之间的沙地上按住了一只山鼠。

比 09 稍慢一步，"战狼"也咬住了另一只山鼠，它向导演献上血肉模糊的战利品，09 的俘虏身上却没有一丝血迹。"它一直都是这样的好心肠吗？"导演把山鼠关进笼子捧在手里端详着，"连山鼠都不伤害？"

"一直都是这样。"老牧工说，"除了进攻人和畜的野兽，一般它是不会痛下杀手的……"

导演点点头，举手打了个响指。

一个面目凶狠的人拿来两份狗食，放在两条狗面前。突然，这人飞脚"踢倒"了导演，抽出一把亮闪闪的匕首"扎"在导演胸前，拔腿就跑。

09 影子般追上，咬住这家伙的脚后跟，一晃脑袋把他摔倒在地上，用前爪按住了。

这兔起鹘落的几个回合，既惊险无比，又出人意料，别说老牧工，就连与导演近在咫尺的"战狼"，也来不及做出更多的反应——它差点儿被一块肉骨头噎住，待吐出骨头，09已大功告成，只身擒获了凶手。

导演大笑着从地上坐起，手里晃动着道具匕首，扮凶手的演员忙向老牧工呼救。

"别怕，不下令它决不会伤人的！"老牧工说，"过来，09！"09看看四周的笑脸，绷紧的神经才松下来。

"考上了吗？"老牧工问。

"回去等消息吧，老伯！"导演对他说。

5

那几天老牧工显得很紧张，每天都守着电话机，打开晚报，也先找《文艺动态》，眼巴巴地盼着09被选上的消息。"替身演员"或许算不上"明星"，但毕竟是可以上电视呀。

老牧工的焦急09全不理解。它只是奇怪：主人咋不同它出城做游戏了？

一场雷雨过后，太阳朝西山坠去。又白等了一天。老牧工失望地叹口气，牵着09走向城郊。

湖滩上空悬挂着一道彩虹。农家的狗在浅水里追逐嬉戏，溅起五彩缤纷的水花。09很想跟它们一起玩，它跑过去，可没跑几步就让锁链拉住了。它沮丧地垂下头。那些很"一般"的"家犬"都比它高了一个档次——没戴锁链。

而它，只有在夜间，只有在那窄小的院子里才能享受一点点自由。"汪汪！"它愤愤不平地叫了两声。好久没叫了！即使在卸掉锁链的深夜，它也不能纵情吠叫、纵情飞奔哪。

倘不是老牧工，它早该出去，去寻找那个属于它的绿色世界了。但它不忍心抛下老牧工。老牧工不能没有它。老牧工有儿孙，那些儿孙都不尊重老牧工，09听不懂他们对老牧工恶声恶气的话语，可它看到，老牧工常常在他们离去后悄悄地抹眼泪。

唯有跟它在一起，老牧工才有真正的欢乐……

一个十三四岁的少年朝他们跑来。

"老伯，您……您的狼狗，是叫09吗？"少年喘着粗气问。

"它不是狼狗。不过它确实叫09，这是编号。"老牧工认真地说，"有什么事吗？"

"上了，它上电视了！"少年激动得语无伦次，"我说……我猜想，准是您的这条狗！今天下午《影视园地》节目播放了它的录像……"

咋没想到电视节目呢！真是老糊涂了！老牧工牵着狗，磕磕绊绊地往城里跑。那热心的少年紧紧跟在后头："今晚会重播的！"他跑着说。

"对，重播，6：30！"老牧工喊。他知道要重播，就为赶上重播，他才跑哇。

6

赶上了！ 09……09 真的出现在了电视屏幕上！

放慢了镜头——09 跟在冰棍儿后扑入湖水中，抢在冰棍儿沉底之前咬住了。

画外音："……这条百里挑一的猛犬，已被导演选中，担任剧中的主角'战狼'……"

"是主角，不是替身！"老牧工孩子般激动地叫起来，那个少年也跟他一起欢呼。09 没吭声，它惊讶地看着屏幕，看自己叼着冰棍儿蹿上湖岸。

画外音："它的速度、果断和凶猛，确实非同寻常。在牧场时，它曾几次下水救人……"

镜头：导演面对记者的采访。

导演："……更令人吃惊的是，它有着一般家养犬科动物很难具备的善良……"

镜头：09 从空中飞落，活捉山鼠。

导演："下面的镜头，是在没有任何征兆的情况下偷拍的。为了考验两条狗，我甚至瞒过了演员之外的人……"

镜头：演员送上狗食；

演员偷袭导演；

09 奋勇追击；

09 凶恶的面部特写；

演员惊恐万状的表情；

……

记者："从您提供的这些镜头中，我们都感觉到这条狗似乎特别懂事，而且善良、忠诚……"

导演："是这样的。它确实在这些方面表现出色。据它的主人介绍——"

镜头：老牧工。09 蹲在他脚边。

老牧工："一直都是这样。除了进攻人和畜的野兽……它是一条合格的牧犬。"

电话铃急响，是导演打来的。

"哦，总算回家了——我正不知该上哪儿去寻找你们……等等，我立即上您家去！"

7

后面的事情发展迅速。谈"片酬"时，老牧工声明分文不取，因为 09 属于国有牧场，而电视台也是国家的，一家子，谈啥"片酬"呢！

导演大大地松了口气。最关键的难题不存在了，签合同也就顺顺溜溜了。接着是带 09 去"结识"演员，熟悉环境，注射防病疫苗……办完这一切，喜出望外又深受感动的导演坚持要请老牧工上"乐天大酒家"。推辞不下，他们领着 09 去了。

老牧工喝得半醉，临别，他提出再留 09 在家住一晚，导演同意了。他们议定第二天上午由驯狗师开车上门来接 09。

8

儿子、儿媳和孙子都在家等着。接着了老牧工和狗，儿子、儿媳都赔上一脸笑，推过大包小包的点心、名酒，说是向老人赔礼来的。

老牧工闷头抽烟。明儿他就得跟 09 分手啦。09 一举成名，往后拍电影少不了它的份儿，再也不可能回到他身边来了……

他为 09 高兴，又直想哭。

儿子、儿媳交换着眼神，拐弯抹角，终于把话头绕到09拍电视的"片酬"上。老牧工一听就来气。刚刚他还真以为儿子、儿媳是真心诚意地道歉来了呢，闹了半天，是为了钱！

"片酬一个也没得。"老牧工没好气地说。

"他们不给？告他们去！"儿媳柳眉倒竖。

"给，是我不要。"老牧工把合同甩给他们，好叫他们趁早死心。

儿媳看罢合同，气势汹汹地跳起来，09低吼一声挺身挡在老牧工身前。儿子忙拉起老婆，抱着小宝，两口子气哼哼地走了。

临出门，儿媳还扔下一句："走着瞧！"

混账东西！走着瞧？09走了你们还真敢来跟老子"算账"呀？老牧工气得心怦怦乱跳。怨谁呢？只怨自己没教养好，挺忠厚的儿子变成了狼！

早知今日，还不如当初多喂几头有情有义的牲口哩。像09，比儿孙亲得多啊……

酒劲儿涌上来，老牧工抱着09呜呜哭了。

他舍不得09，舍不得呀。

9

一大早阴了天。

老牧工把 09 领进浴室，他要给 09 洗一个澡，让它干干净净地走上电视荧屏。

打上两遍香皂，换了两缸水，老牧工还想再替 09 洗一回，突然听到有人没命地叫："失——火——啦——"

09 听不懂，可它知道只有危急关头，人类才发出这种声音。它蹦出浴缸，老牧工忙拉开门。

同一排楼房，邻近那个单元的四楼窗口浓烟滚滚！

"人！人还困在里面！"有人对着电话喊。

"09，上！"老牧工喝令。破天荒地在大白天没拴锁链，09 似乎有些不习惯。但它立即意识到今天非同寻常，它挤开那些哇哇乱叫的人，抢在几名勇敢者的前面冲上楼去。

仗着一身湿毛，它在浓烟烈火中两进两出居然没被烧伤。

第一趟救出一个奶娃。第二趟它协助一位大汉拖出一位被浓烟呛昏的少妇。

火势还在蔓延！

09 身上的长毛早已焦干，被火苗燎过的鼻尖儿痛得刀扎似的。人群中又传出一声尖颤颤的叫喊："哦，贝贝，我的狮子狗！"抱着奶娃的男主人把奶娃塞到别人手中，自己又跑上楼去，"我的小狗……"

火在呼啸，几乎堵塞了房门。尽管勇猛，09还是迟疑了几秒钟。

"你不是能从水里救人吗？你不是'狗王'吗？"男主人哇哇叫着，皮鞋重重地踹向09的臀部。

09身不由己扑进了火海。烟火中已无法分辨气味。"汪——汪！"小狗叫了几声。

09跳过一团大火，身上的长毛被火燎得直往皮肤上贴。它不顾一切地冲过去，找到了一团白东西。"汪！"小狗不识好歹，惊恐地往里缩。09将它拦腰轻轻叼起，反身冲向外面。

穿过中厅时，一架燃烧着的书柜向前倒下，09向前猛蹿，慢了半秒——只听到它的腰椎在书柜的重击下发出折断的脆响！

幸好这时有几股雪白的泡沫射进楼窗，火势顿时减弱……事后据消防员说，在那种情况下，两条狗中有一条存活就违背统计概率，它们都活下来了，简直是奇迹！

……突围而出的09浑身长毛所剩无几，它的皮肤熏得焦黑，还有多处烧伤。老牧工心疼地给它淋凉开水，轻轻抹上"万花油"。

那家主人则搂着他们完好无损的奶娃和宝贝狗又是亲又是逗的，就差没吃下去了。

"多亏了'狗王'！"几个邻居议论着，"要不是它奋不顾身……"

"它？"女主人眉毛一拧，吹开狮子狗背上的长毛，"喏——这粗鲁的家伙，把我们贝贝都咬出牙印来了！"

"哇，我还没注意呢！"男主人伸手抱过狮子狗，大踏步从老牧工和09身边走过去，连一句感谢的话都没有留下。

涂抹药膏的老牧工叹了口气。他怀中的09颤抖了一下，忽然昏迷过去。老牧工毫不掩饰地大哭着，抱着狗跑出大门，拦住了一辆的士……

10

前来接09的驯狗师正好看到了这一幕！

他忙拨通了领导的电话。09已不可能上荧屏了。他们只能降低标准，上宠物饲养场去物色昂贵的"名犬"啦。

09在兽医院发着高烧。

……仿佛是行走在一个峡谷里。两侧，是被风雨雷电雕刻成狰狞怪兽的山岩。狂风尖叫中夹着狼嚎。它调动周身所有的

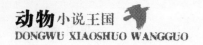

神经末梢，搜索着，准备迎击野兽。

击向它的，却是一只巨大的皮鞋……

它醒了。一个太深太深的伤痛，是常常要在梦中再现的。它在兽医院躺了五天。腰椎接上了，消炎后的烧伤处也开始长出新皮，却永远无法弥合心灵的创伤。

也许，它对城市的谅解和信任，已被狮子狗男女主人的冷酷彻底摧毁了！

离开医院，09把主人领到湖滩，天黑了也不肯回去。

"该去值夜班啦，伙计！"老牧工用商量的口气说。他没有往09甫生新皮的颈部套锁链。要罚款就罚款好了。他不忍心。

09一动不动。老牧工就陪它在那儿坐到天亮。

第二天09仍不肯回那个令它伤心的院落。它的沉默和孤独引起了几个农家孩子的同情，他们为它烤螃蟹和小鱼，还唤了自家的狗来陪伴09。开始那些狗害怕大块头的牧犬，后来发现它并不可怕，就跟它一起嬉戏玩乐了。老牧工送来的饭食便成了大伙共有的。

只是夜间09仍然想在湖滩露宿。

有两个家伙想诱捕它，09压根儿不理睬。当他们以为它老实可欺，打算用套索和棍棒强迫它就范时，09就以它一贯的闪电战术缴掉了他们的武器，把他们赶跑了事。

"你不能老在这里待下去呀。"老牧工轻抚着 09 开始长出毛的脊背，像对孩子那样亲切地说，"咱们都得有个归宿……"

"汪汪！"09 对着旷野叫。隔着湖湾，是无边的农田，更远些的地方，耸立着灰蓝色的山。老牧工跟牧犬一起朝那边望着，脸上渐渐露出了些笑容。

11

下午，老牧工用小行李车拖来了一只大行囊，跟 09 一起饱餐一顿后，他们就跨过大桥，上路了。

09 不知老牧工要带它去哪儿。它只知道，老牧工绝不会强迫它再回居民楼下的那狭小的院子的。

他们沿着一条僻静的山区公路走着。09 紧跟在老牧工身后。行囊里除了食物、衣物，还有药品，走累了，他们就歇下来，老牧工替 09 洗伤口，换药。夜里，他们寄宿农家，老牧工总要把 09 带到洁净的山泉边，把它洗得干干净净的，再换上新药。

09 的伤一天天好起来。它感到自己的身子骨更加结实，力量又回到身上了。

12

一场大雨耽搁了两天行程。

第三天，放晴了。他们告别了农家，走上一条小机耕路。

09遥遥领先地奔跑着。突然，它发觉脚下的路和远近的山是那样熟悉，而空中飘着的野草清香里，分明混杂着熟悉的牲口的气味，还有牛奶的甜香……

它听到了牧人的歌声和悠扬的牧笛声，还有那染绿一切的风——牧场上特有的风的绿色的洪大音波！

09跑上一个高坡，朝那边望。

"小乱子！"有人叫出它的小名儿。"真是它——0——9——"另一个声音高叫。

于是，牧工、草场上的牛羊和牧犬，都高昂起头，在那浓郁的花草芬芳中期待着，倾听着。

09发出一声欣喜的吠叫，向着牧场，向着那属于它的绿色世界飞奔而去……

白驯鹿的传说

［加拿大］西　顿

白色的小驯鹿

挪威的乌特文德，这里荒凉、黑暗而且寒冷。在这片土地上，到处都是岩石，地上只有些矮矮的草。这里没有大树，只有些又矮又小的树，形成一片森林。

深谷中有一块块白雪，山峰也披着雪，闪着白光。没有鸟，只有苔藓。这就是北欧的苔原，驯鹿的王国。

现在，温暖正在和寒冷战斗，白天，阳光照在地面上，一到晚上，夜又把寒冷带回来了。但春天还是来了，平原上开着小小的花，山坡下的小河也开始流动起来。

在老斯贝卡姆的那个小屋旁，小河里的冰也化了，他的水车咕咚咕咚地转着。

"一会儿，太阳就要下山了。"老斯贝卡姆看着对面的山说。

那片山上有一大片茶色的地面，等一下！地面在动！不是地面，而是一群驯鹿。它们一边走一边寻找有草的地方，一头美丽的红色母鹿走在前面，它是这个鹿群的首领。

鸟儿的色彩

以前，驯鹿总是在森林里过夜的，因为夜晚睡在森林里暖和，但现在，春天来了，驯鹿开始走出森林。

可是，红色母鹿现在却一直看着森林，看它的样子，好像在想：啊！要是能走到森林里去，那该多好啊！

它开始向山下的森林走去，但整个鹿群也跟来了，于是它只好站住，低下头吃草，鹿群也吃着草，从它身边走过。

红色母鹿原地不动，鹿群走到了远处的山坡上，而它们的首领却还站在那里。它小心地向山下的森林走去。

奇怪！它为什么要离开鹿群呢？它要去森林里干什么？也许，它只是想离开鹿群自己单独待一会儿。

它走过一条河，这样，敌人就闻不到它的气味了。最后，它停了下来。那里的森林被一片岩石包围着，树木和草挡住了它，它决定在那里休息一下。

过了一会儿，一头白色的小驯鹿躺在了母鹿身边，母鹿舔着它，又骄傲又快乐，好像它是世界上第一头出生的小驯鹿一样。

那个月，鹿群里有一百多头小鹿出生了，但只有这一头最特别——它是白色的。

母鹿带着小白鹿回到了鹿群，小白鹿在妈妈身边跑来跑去，它还常常跑到妈妈前面去，所以鹿群其实是跟着这头小白

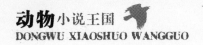

鹿走的。

老斯贝卡姆有一个朋友，叫劳尔，他的脾气不太好。一天晚上，劳尔来到小河边，忽然，他看见远处有一块白色的东西。

"怎么？那里的雪还没有化吗？"劳尔想。

这时，那块雪突然动了。

"哈！化了！"劳尔刚要喊，再仔细一看，那竟然是一头白色的小驯鹿，后面跟着很多大驯鹿，可是天已经暗了，很难看清它们。

那年春天出生的小鹿，有些身体不好，有些不听妈妈的话，都很快死掉了。小白鹿是它们中身体最好、最聪明的，它很听话，总是学着妈妈，而它的妈妈又是鹿群中最聪明的。

每当妈妈的蹄子咔嚓咔嚓地使劲踩在地上时，小白鹿都会马上跳到妈妈身边，那是"有危险"的意思，如果不赶快跑到妈妈身边去，就可能被敌人杀了吃掉。

小白鹿正在慢慢长大，它的身体变圆了，长得越来越强壮，头上也长出了尖尖的鹿角。

一天，大驯鹿们的蹄子一起发出了咔嚓咔嚓的声音，这时，一个茶色的家伙突然从岩石上跳下来，扑向小白鹿——小家伙正走在最前面。

那是一只狼獾。小白鹿站好，把自己的角对着敌人，狼獾一下子就被鹿角刺伤了，小白鹿用的力气太大，自己也摔倒了。这时，站在旁边的红色母鹿向狼獾冲了过去。

小白鹿也用角使劲地刺，狼獾已经死了，妈妈已经去吃草了，可它还是生气地使劲刺着狼獾，直到雪白的头上沾满血为止。

它平时是个很温和的小家伙，但是一旦发起火来，就很吓人，它长大以后也一直是这样的。

驯鹿之王斯图巴克

到了第三年，小白鹿长大了，它已经不再是一头小驯鹿了。

秋天，老斯贝卡姆对劳尔说："快到捕驯鹿的时候了。"他们总是一起去捉驯鹿，然后从里面选一些拉雪橇。

他们一下子就注意到这头白驯鹿。等他们围住鹿群一看，它比其他的驯鹿都高、都重，身上像雪一样白，长长的鬃毛，大树一样的鹿角，它是鹿群之王。

"它是最出色的。"他们说，"就让它来拉雪橇吧！"

想让野生的驯鹿拉雪橇是件很难的事，它们老是不听话，有时候要花很长时间，才能一点点驯服它们。

驯服驯鹿的方法有两种：一种要用很长时间亲切地对待它们，让它们喜欢你，再训练它们；另一种就是对它们特别冷酷，让它们怕你。

"嘿，你想开始练习拉雪橇吗？"老斯贝卡姆对白驯鹿说，"不过，得先给你起个名字啊，叫什么呢？嗯，叫斯图巴克（意思是强大的马），怎么样？这可是个好名字啊！好吧，就叫你斯图巴克吧！"

"好了，斯图巴克，给我拉雪橇去！"老斯贝卡姆温和地说，可是白驯鹿就是不听话。

"这家伙，让我来！我一定会让它听话的！"劳尔忍不住了，他拿过缰绳啪地打在白驯鹿身上，吼道，"快点去！"

白驯鹿却一下子抬起后腿去踢劳尔。

"啊！这家伙的脾气还真大啊！"劳尔叫着，赶紧把雪橇翻过来躲在下面。

从此，白驯鹿再也不听劳尔的话了，不过，它开始喜欢老斯贝卡姆，也愿意听他的话了。它已经接受"斯图巴克"这个名字了。

斯图巴克的雪橇已经拉得很好了，一天，老斯贝卡姆对它说："斯图巴克，这次的拉雪橇比赛我们也参加吧！你一定能得第一。"

比赛开始了，斯图巴克真的得了第一名，而且不止一次。斯图巴克每胜一次，老斯贝卡姆就在它的鹿角上挂一只小银铃，比赛进行着，它角上的银铃越来越多了。

接着是赛马，一匹叫巴尔德的马赢了，它的主人得到了很多奖金。

老斯贝卡姆走过去对马主人说："让你的巴尔德和我的斯图巴克比比吧！赢了的人把另一个人得到的奖金都拿去，怎么样啊？"

"好啊！来吧！"马的主人爽快地同意了，他觉得他的马一定比驯鹿跑得快。

"斯图巴克，你要加油啊！"老斯贝卡姆抱着白驯鹿的头说。

他们要绕着湖跑一圈。马冲了出去，把斯图巴克甩在了后面。

"斯图巴克，加油！"大家给白驯鹿加油，斯图巴克大步跑着。

"驾，斯图巴克！""驾！巴尔德！驾！"

马跑得太快了，它转弯时离开了跑道，绕了个大圈。

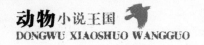

斯图巴克越跑越快，它和马的距离开始缩短。

老斯贝卡姆大叫："驾，驾！好样的，斯图巴克！加油！"

又一个转弯，斯图巴克追上了。

"巴尔德，不要输给它！""斯图巴克，加油啊！"

忽然，马在冰上滑了一下，它落后了。斯图巴克赢得了胜利！劳尔走上来说："哈，老斯贝卡姆，祝贺你啊！能不能让我坐一下斯图巴克拉的雪橇呢？它跑得像风一样，可以让我试试吗？"

"好啊！你去吧！"老斯贝卡姆说。

劳尔坐上雪橇，斯图巴克马上飞快地跑了起来。劳尔的心情太好了！一高兴，他的坏脾气就又来了。

"嘿！再快点！"劳尔用鞭子啪地打了斯图巴克一下。突然，斯图巴克站住了，它回过头来盯着劳尔，瞪大了眼睛，鼻孔喷着气。

"快帮帮我！"劳尔大喊着跳下雪橇，把雪橇翻过来钻了进去。

斯图巴克使劲地用腿踢，用角顶着雪橇。老斯贝卡姆的儿子小克努特跑过去了。

"危险！"大家都吓坏了。

小克努特一抱住斯图巴克的脖子，斯图巴克马上就平静下来了。这一下，斯图巴克和老斯贝卡姆都出名了，大家都在讲他们的故事：

"那个斯图巴克！它跑得很快，拉着雪橇，只用几十分钟就能跑 10 公里的路程呢！"

"你们知道吗，侯拉卡尔村被雪埋住时，还是它跑出去求救，带回了食物和好消息的！"

"有一次，小克努特踩破了河上的冰，掉进了水里，斯图巴克跑过来，跳进水里救了他。斯图巴克是头多么善良、多么勇敢的驯鹿啊！"

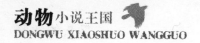

狡猾的布尔古

挪威和瑞典这两个国家是邻居，而且，是像兄弟一样亲的国家，但是现在这两个国家就要开战了，人们叫着要推翻现在的政府，争取自由。

这场战争其实是外国人偷偷引起的。如果挪威和瑞典很团结，外国人就没办法控制这两个国家；如果它们打了起来，两个国家的力量不就都小了吗？战争是外国人最希望的。

当然，也有挪威人愿意帮那些可恨的外国人，布尔古雷宾科就是一个，他的名字太长了，我们以后就叫他布尔古吧。

这个布尔古是天生的首领，十足的大坏蛋。他很狡猾，又有钱。他不在乎自己的国家，他帮助外国人引起战争，就是想当挪威的首相！

可是外国人不想把那个位置给他，布尔古和那些外国人吵了起来。所以，布尔古决定自己想办法当首相。

他对大家说："大家为了自由站起来吧！如果不打仗，就没有自由！大家要团结起来，这样，强大的力量就会帮助我们。"

人们都怕自己的力量不够大，因为战争需要的是强大的力量。不过布尔古说了，会有强大的力量帮助人们的。大家不知道那"强大的力量"是什么，但他们知道，布尔古很有钱，他是议员，认识很多政治家，最重要的是，他是个"爱国者"。

大家相信了布尔古，这时他又说："好！大家决定战斗了！现在，为了表示我们的决心，大家来签名吧！"

于是，很多人都在布尔古手里拿的那张纸上签上了自己的名字。

可是，布尔古为什么要大家签名呢？

如果一个人想发动战争，推翻政府，那就是背叛国家！现在，大家都在同意作战的文件上签了名，那就等于同意战争，想推翻政府！

布尔古只要把这个文件交给政府，就能证明那些签字的人背叛了国家！那样，政府就会把他们都抓起来，布尔古就变成了阻止战争、救了国家的大英雄，当首相，一定没问题。

这个办法真不错，不过布尔古需要很多人的签名，所以他在挪威到处走，每到一个地方，他就先说一大堆话，接着就让大家签名。

有一次，他参加了一个二十多人的集会，他又讲了话，然后拿出一张纸说："快！把名字签上！"大家一个一个地签名，最后，纸传到一个老人手里。

"请您原谅我。"老人说。

"为什么？您不想签名吗？难道您没有作战的勇气吗？"
布尔古和大家都问他。

"不，不是那样的。我不认识字，也不会写字啊。"老人
回答。

"啊，那就没办法了！"大家都这么说。

集会结束了，老人走出来，外面，一头雪白的驯鹿拉着雪
橇在等他，原来，这个老人就是斯贝卡姆。

老斯贝卡姆不相信布尔古，所以他没有签名。现在，他小
声地问一个人："刚才那张纸上有布尔古自己的名字吗？"

那人吃了一惊，说："没有。"

"真是这样！"老斯贝卡姆说，"我不相信那个人，这件事
必须要告诉下个集会地点的人。"可是布尔古现在已经坐着快
马拉的雪橇出发了。

斯贝卡姆赶快解下斯图巴克角上的银铃，这样它跑起来就
没有声音了，然后，他坐上雪橇大喊一声："嘿！出发！"

斯图巴克跑了起来，它很快就要追上布尔古了，这可不
行，不能让布尔古发现他们。

"哦，斯图巴克，你不能跑慢点吗？"老斯贝卡姆说，于
是斯图巴克慢下来了。

他们跑过了森林，离开大路，走上结冰的河面。

"我说，这回可以随便跑了，斯图巴克，使劲跑吧！"老斯贝卡姆说。这下，斯图巴克像飞一样跑起来。

老斯贝卡姆一到那个集会场地，就告诉大家说："签名是很危险的！不要相信那个人。"

当来到集会场地时，布尔古发现没有一个人签名，觉得很奇怪，这是怎么回事？

布尔古是个很狡猾的人，他很快就在人群中认出了老斯贝卡姆，那个没签名的老头，一定是他干的，他来了，所以大家就都不签名了。不过，布尔古装作没看见他。

可是，布尔古怎么也想不明白，那个老头怎么可能比自己先到呢？难道他是飞来的吗？那天晚上有个舞会，在舞会上，布尔古听说了白驯鹿的故事。

暴风雪之夜

哈！我要用一下那有名的白驯鹿！这样我就能最先到达下一个地方了！布尔古想。

他去找城里的一个政治家，要借老头儿的雪橇和白驯鹿。政治家是全城最有威望的人，老斯贝卡姆只好把雪橇和斯图巴克借给布尔古。

斯图巴克正在睡觉，它慢慢地站起来，布尔古有些着急，就踢了它一脚，斯图巴克不高兴了。

"不许踢我的驯鹿！"老斯贝卡姆生气地说。

但布尔古不在乎地笑了一下，坐上了雪橇。

"我也和你一起去。"老斯贝卡姆说。

"我有急事！你自己坐马拉的雪橇去吧！"布尔古说，他早就告诉了车夫，让马慢慢跑，不要让老头儿追上驯鹿。

天刚亮，他们就出发了。

斯图巴克跑得很快，要不是布尔古把自己绑在了雪橇上，他一定会被甩出去的。布尔古有些生气，但当看到后面的马拉的雪橇离自己越来越远时，他就不再生气了。

斯图巴克兴奋而快乐地跑着，马拉的雪橇的铃声消失在后面了。

"这可真不错，就像在天上飞一样！"布尔古高兴极了，世界上还有这么好的动物，它跑得这么快，上坡和下坡一样快。

斯图巴克只要慢下一点，布尔古就大喊："快点！再快点！"

起雾了，不久，刮起了狂风，暴风雪就要来了，斯图巴克一下子就闻出来了，它担心地看看天上，跑得慢了一点。

布尔古大声骂着，狠狠抽打着斯图巴克："快！快跑！"

斯图巴克飞快地跑着，跳着，它生气了，气得眼睛都红了。

暴风雪来了，斯图巴克喷着气飞快地跑着。这时，它好像听到了什么声音，它的耳朵立起来，速度也慢下来了。

那也许是精灵们的歌声，但布尔古听不到，他心里只想着快到下一个地方去，到了那里，人们签完名字，他就能当首相了，所以他疯狂地抽打着斯图巴克。

斯图巴克飞一样地跑在平原上，雪橇和人被暴风雪包围了，看起来都变成了白色的。

斯图巴克从没这么生气过，它离开了原来的路，布尔古再也不能控制它了。雪橇翻了，又自己正过来，要不是系着皮带，布尔古可能早就被甩出去摔死了。

布尔古又气又怕，斯图巴克拉着他跑过高低不平的雪路，布尔古还在使劲地抽打它："你这个浑蛋！你给我听话！"

斯图巴克已经不再跑了，它在路上跳着，每跳一下，雪橇都高高地弹起来，又摔在地上。

布尔古吓得要死，他竟拔出刀子刺向鹿腿，但鹿蹄一下子就把刀踢飞了，他只能大喊着，祈祷着。斯图巴克眼睛通红，疯狂地喷着气，向山上冲去。

斯图巴克越跑越快，它跑上了五年前的那条小路，妈妈带着它走过的那条路，向上！向上！向上！再向上！它已经忘了

我们打猎回来的时候太阳已经落山了，森林里很快就变得昏暗起来，但是在空旷的地方仍然可以进行射击。于是当我们走到原野上的时候，我就把猎犬扎里瓦的绳索解开了。

这可不是开玩笑呀！此时，所有的兔子都躲在田野里，也许还能逮到一只呢！

事实上，我和瓦西里耶维奇还没走出一百步，我们的猎犬就发现了猎物的踪迹，狂吠着冲了出去。

我和瓦西里耶维奇分开行动。他沿着森林的边缘向右走，而我爬上了路左边的坟丘（其实就是一个不太大、坡度平缓的小土岗）。这是兔子们入洞的必经之路，无论它们从哪里出来，都绕不开这个在森林夹角间的狭窄地带。

我躲在一丛小灌木后，从肩膀上摘下猎枪，开始仔细观察。天空清澈透明，月亮如凯旋的英雄，刚刚升到森林上空。露珠在月光的照射下闪闪发亮。十月的黄昏竟是如此幽美！

此时猎犬扎里瓦已经沿着森林边的那条小路跑出两公里远了。

狗儿还在那里狂吠，可是灰兔躲到哪里去了呢？

那就是只灰兔，对此我毫不怀疑，要是雪兔的话，它干吗要和猎犬绕那么大的圈子？它早就跑进森林，消失得无影无踪了。

灰兔老远就能够闻到猎犬的气味，更何况这距离是如此之近。匆忙地吸了两口烟后，我将烟卷丢到地上，用脚踩灭，把保险拉到"开火"的状态。

扎里瓦那低沉的"男中音"惊动了村里的小狗，它们尖声吼叫，连农场的老狗辛卡低沉的嗓音也加了进来。

夜幕淹没在疯狂的狗叫声中。但是不久，扎里瓦突然不叫了，辛卡和小狗们也沉默下来，一点儿声音都没有了。

带着猎犬打猎的特别之处就在于，人只需要站在原地不动，凭借狗的叫声，发挥自己的想象力，就能参与到两只动物的追逐之中。事实上，人真正参与到打猎中的时间很短，也很无趣：如果选对地方，被追赶的野兽几乎会自动撞到枪口上来，要阻止野兽的脚步并不困难。

扎里瓦沉默下来，也就是说，它在奔跑中把猎物追丢了。此时，它正在绕圈，想再次闻到兔子因害怕和剧烈奔跑而留下的汗味。

此时，兔子还在继续奔跑，它不相信这突如其来的寂静。

直到现在，追踪者那凶残的叫声还在耳边回响，没准儿，那沉默的敌人会突然出现在自己身旁。

兔子绕了好大一圈之后，钻进了一个熟悉的洞穴。它在这里出生、长大，夜里在这里睡觉，白天在这里打盹儿、和对手打嘴架，还在这里躲避敌人。只有死才能迫使它远离这个洞。在确认追赶者还在远处后，兔子坐了下来，耳朵在头上一颤一颤的。

一片寂静。

兔子从洞里出来，沿着林子边缘，一直跑到森林里，然后顺着自己的足迹再跑回去，突然高高地跳到一边，在森林边上趴下来——头冲田野，紧紧地贴着地面。

这时候我等在这里是徒劳的，因为兔子会一直等到猎犬叫起来，才会再顺着自己的足迹飞奔。

也就是说，我可以松口气，不用那么紧张了。

我的注意力开始分散了，一部分大脑仍然保持警惕，眼睛继续看着，生怕哪里闪过模糊的影子。而同时，我还在想着别的——全身心地沉浸在眼前的黑夜的诱惑之中，因渴望狩猎而激动得心怦怦直跳。

在我眼前出现了一幅神奇的画面：黑暗笼罩着整个森林，幼小的新枝闪闪发光。这是童话般的春天和深秋的相遇啊！

是的，周围的一切都像是在童话中一样：所有的灌木丛、树林、草地上，到处散落着古老的来自冰海海底的石头。

迷人的月光让淡淡的夜色充满了神秘，使人产生幻觉。我突然间想起自己正站在"坟丘"上，这个突然想到的词足以解释我眼前的所有夜间的幻影。

"坟丘"这个词来自于"怜悯""诉怨"。诺夫哥罗德人说：怜悯但不流泪。在战士牺牲的地方出现了很多土丘，这些土丘就称之为坟丘。

借着月光，我已经分辨出那些变化不定、若隐若现的，就是头顶尖盔手持利剑、长矛、盾牌的士兵。在我面前，这片土地上残酷的大会战无声地结束了，武器闪闪发光，勇士们英勇地倒下了。是的，已经过去了，我们的前辈已经掩埋了光荣的勇士们。

薄云从月亮表面掠过，这时，在我面前又出现了美丽的景色，脚下面依然是不大的坟丘。

这时我突然想到扎里瓦，它已经沉默好一段时间了！

我很好奇，灰兔现在怎么样了？

这样童话般的夜晚似乎有权利要求一些不同寻常的事发生，但是我的思绪很快又从灰兔身上转回到自己身上。

一头眼睛冒着凶狠的光、伸着带血獠牙的怪兽发现了我，它像是穴居的巨大的化石熊。

无疑，就算我是个勇士，我也会被那种想法吓得浑身发抖，只想赶快逃跑。但，此时我仅仅是苦笑了一下。

在林地那边亮起了火光，在那里，早已经忘记黑夜的恐惧的农场里的人们正要睡下。

在这里能遇到的最大最恐怖的野兽，我能想到的就只有狐狸了。这里最后一只小熊五年前就被打死了，至于狼，已经十年都没出现过了。

可笑的是，这里站着我和瓦西里耶维奇，两个有经验的猎人，都集中注意力等待猎物上钩。而这个猎物是兔子。

要知道我和瓦西里耶维奇加起来也有一百岁了。他是有名的狩猎学专家。至于我，到过原始森林，去过冻土带，遭遇过许多野兽。

我们都是研究动物的。在早已有人类居住的地方研究动物，也许对我们来说已经没有惊喜了。

童年的日子已经离我们远去，那时候栅栏外的每一片森林都住满了野兽，那些叫不出名字的野兽对于我们来说就是各种各样奇妙的事物：妖怪、美人鱼、小隐身人。我们和它们有同样的权利。

童话对我来说已经失去了吸引力，因为我了解了它的整个生命过程。

我颤抖了，在我左边的森林里传来短促的、凶残的、嘶哑的叫声。那样突然的一声大叫只能是古老的长在地里的石头发出的（要知道整个地面都被苔藓覆盖着）。可是同时我一点儿也不怀疑那是野兽的叫声，只是我叫不出野兽的名字。

我在寂静中好奇地倾听，也许叫声还会响起，那时候我就知道是哪种动物了。

突然间，从我左边传来扎里瓦挣扎的惨叫，代替了凶残的叫声。

看家狗经常声嘶力竭地叫，声音嘹亮，但要是真正地叫两次那就完全不同啦！

对于兔子，猎狗从来都不会拼命地大声叫。我的袋子里总会装着两发爆破枪弹：这是进入原始森林里的古老习惯，在打猎的时候无论任何情况下都要有爆破枪弹。但是很明显，我来不及取出它们，来不及退出铅砂弹了。因为扎里瓦已经离我很近了，那么野兽应该更近了。

我始终紧紧盯着森林里的黑影，稍微抬了抬枪杆。

突然，林间冲出一只像狼一样大小的动物，我正准备射击……但是又把枪放下了。

它竟然是扎里瓦。

它不作声，先是朝一个方向扑去，接着又扑向另一个方向，又跑到坟丘下，抬起头紧紧地盯着我看，然后又断断续续地叫起来。我确信它是发现了野兽的踪迹。接着它从我的右边飞奔到路的另一侧去了。

一瞬间，猎犬就消失得无影无踪了。

它直接奔向瓦西里耶维奇站着的森林边缘，我不由自主地屏住呼吸，瞧吧，会响起枪声的。

但是扎里瓦的叫声越来越远了，还是没传来枪声。

我总算松了一口气。我承认我感觉很不自在。

猎犬的行为已经很明显了，它沿着野兽的踪迹走，来到我脚下的坟丘，证明在它之前，那野兽也来过。

而且正是那个我叫不出名字的怪兽。

像是幽灵一样无声无息。

如果我没发现它，那么它也不可能发现我，要知道我在坟丘上——当然，在晴朗的夜空下很容易被发现。不过它的嗅觉会告诉它有人类在附近，正巧这晚风是从我这边向森林边缘的方向吹，而它就是从下风向过来的。

什么样的野兽能在离我二十步远时，却不被我发现呢？甚至连爪子落在林中落叶上的簌簌声都没有！

瓦西里耶维奇没有开枪，就是说野兽像隐形人一样从他身边走过了。

这时扎里瓦的叫声已经消失在森林深处。

我突然感觉到今晚很冷。

无论怎样，事实就是野兽来过了，而且不会再回来了。

我拉上枪栓，背上枪。从坟丘上下来时点着了烟。最后我和瓦西里耶维奇在路上相遇了。

他问："你看见了吗？"

"怎么回事？什么也没有啊！"

"我看见了，巨大的野兽，就像从地下钻出来的。大步地走近森林边缘，又走到灌木丛后面。很近，高高地仰着头。"

"哦，那是什么？"

"不知道，认不出是什么动物。"

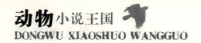

"猞猁！"

真相大白了。一下子就解释了这个夜里我们所经历的一切。

事实就是：在发现猞猁的踪迹后，扎里瓦就放弃了追捕兔子而去追赶猞猁。在搏斗中，猞猁抓伤了扎里瓦，然后把它凶狠的爪子藏在绒毛里，再悄悄地从坟丘下爬过去。只有猫科动物才能那样悄悄地不易被发现地溜过。

在朦胧的月色下，瓦西里耶维奇没有认出在灌木丛后的猞猁。猞猁出现在野兔出没的地方简直太意外了，我们从来没想过会在这里遇见它。

当想到"坟丘"这个词的时候，我为这个故事感到难过和不安。如果我能想起"猞猁"这个简短的词，那么这个词就会迫使我用另一种方式看待眼前的这一切了。我就不会紧紧地盯着若隐若现的兔子的踪影，而是会留意像猫一样静悄悄溜过的黑影。

那时候，这个简短的词就会很容易变成毛茸茸的、棕色的猞猁。

王长松　译

老虎！老虎！

［英国］吉卜林

打猎顺利吗，大胆的猎手？

兄弟，我守候猎物，既寒冷又长久。

你捕捉的猎物在哪里？

兄弟，它仍然潜伏在丛林里。

你引以为傲的威风又在哪儿？

兄弟，它已从我的腰胯和肚腹间消逝。

你这么匆忙要到哪儿去？

兄弟，我回我的窝去——去死在那里！

　　莫格里和狼群在会议岩斗了一场之后，离开了狼穴，下山来到村民的耕地里。但是他没有在这里停留，因为这儿离丛林太近了，而他很明白，他在大会上至少已经结下了一个死敌。于是他匆匆地赶着路，沿着山谷的崎岖的大路，迈着平稳的步子赶了将近二十里地，直到来到一块不熟悉的地方。山谷变得开阔了，形成一片广袤的平原，上面零星分布着块块岩石，还有一条条沟涧。平原尽头有一座小小的村庄。平原的另一头是茂密的丛林，黑压压的一片，一直伸展到牧场旁，界限十分清晰，好像有人用一把斧头砍掉了森林。平原上，到处都是牛群在吃草。放牛的小孩们看见了莫格里，顿时喊叫起来，拔腿逃走。那些经常徘徊在每个印度村庄周围的黄毛狗也汪汪地吠叫起来。莫格里向前走去，因为他觉得饿了。当走到村庄大门时，他看见傍晚用来挡住大门的一丛大荆棘，这时已挪到一旁。

"哼！"他说，因为他夜间出门寻找食物时，曾经不止一次碰见过这样的障碍物，"看来这儿的人也怕丛林里的兽族。"他在大门边坐下了。等到有个男人走过来的时候，他便站了起来，张大嘴巴，往嘴里指指，表示他想吃东西。那个男人先是盯着他看，然后跑回村里唯一的那条街上，大声叫着祭司。祭司是个高高的胖子，穿着白衣服，额头上涂着红黄色的记号。祭司来到大门前，还有大约一百个人，也跟着他跑来了。他们目不转睛地瞅着，交谈着，喊着，用手指着莫格里。

"这些人真没有礼貌。"莫格里自言自语道，"只有灰猿才会像他们这样。"于是他把又黑又长的头发甩到脑后，皱起眉毛看着人群。

"你们害怕什么呀？"祭司说，"瞧瞧他的胳臂上和腿上的疤，都是狼咬的。他只不过是个从丛林里逃出来的狼孩子罢了。"

当然，狼崽们在一块玩的时候，往往不注意，啃莫格里啃得重了点，所以他的胳臂上和腿上全都是浅色的伤疤。可是他根本不把这叫作咬。他非常清楚真正被咬是什么味道。

"哎哟！哎哟！"两三个妇人同时叫了起来，"被狼咬成那个样儿，可怜的孩子！他是个漂亮的男孩子。他的眼睛像红红的火焰。我敢起誓，米苏阿，他和你那个被老虎叼走的儿子可真有些像呢。"

"让我瞧瞧。"一个女人说道。她的手腕和脚踝上都戴着许多沉甸甸的铜镯子。她用手掌挡住阳光，仔细望着莫格里："确实有些相像。他要瘦一点，可是他的相貌和我的孩子相似。"

祭司是个聪明人。他知道米苏阿是当地最富有的村民的妻子。于是他仰起头朝天空望了片刻，接着一本正经地说："被丛林夺去的，丛林又归还了。把这个男孩带回家去吧，我的姐妹，别忘了向祭司表示敬意啊，因为他能看透人的命运。"

"我以赎买我的那头公牛起誓。"莫格里自言自语道，"这一切可真像是又一次被狼群接纳入伙的仪式啊！好吧，既然我是人，我就必须变成人。"

妇人招手叫莫格里跟她到她的小屋里去，人群也就散开了。小屋里有一张刷了红漆的床，一只陶土制成的收藏粮食的大柜子，上面有许多凸出的花纹，还有六口铜锅。一尊印度神像安放在一个小小的神龛里。墙上挂着一面真正的镜子，就是农村集市上卖的那种镜子。

她给他喝了一大杯牛奶，还给他几块面包，然后伸手抚摸着他的脑袋，凝视他的眼睛：因为她认为他也许真是她的儿子，老虎把他拖到森林里，现在他又回来了。于是她说："纳索，噢，纳索！"但是看样子莫格里没有听过这个名字。"你不记得我给你穿上新鞋子的那天了吗？"她碰了碰他的脚，脚坚硬得像鹿角。"不。"她悲伤地说，"这双脚从来没有穿过鞋子。可是你非常像我的纳索，你就当我的儿子吧。"

莫格里心里很不踏实，因为他从来没有在屋顶下面待过。但是他看了看茅草屋顶，发现他如果想逃走，随时可以把茅草屋顶掀开，而且窗上也没有窗闩："如果听不懂人说的话，"他终于对自己说，"做人又有什么用呢？现在我什么都不懂，像个哑巴，就跟人来到森林里和野兽待在一起那样。我应该学会他们说的话。"

当他在狼群里的时候，他学过森林里大公鹿的挑战声，也学过小野猪的哼哼声，那都不是为了闹着玩儿的。因此，只要米苏阿说出一个字，莫格里就马上学着说，说得一点也不走样。不到天黑，他已经学会了说小屋里许多东西的名称。

到了上床睡觉的时候，困难又来了。因为莫格里不肯睡在那么像捕豹的陷阱的小屋里，当他们关上房门的时候，他就从窗子里跳了出去。"随他去吧。"米苏阿的丈夫说，"你要记住，直到现在，他还从来没有在床上睡过觉。如果他真是被打发来代替我们的儿子的，他就一定不会逃走。"

于是莫格里伸直了身躯，躺在耕地边上一片长得高高的干净的草地上。但是还没有等他闭上眼睛，一只柔软的灰鼻子就开始拱他的下巴颏。

"嗨！"灰兄弟（它是狼妈妈的崽子们中间最年长的一个）说，"跟踪你跑了二十里路，得到的是这样的回报，实在太不值得了。你身上尽是篝火气味和牛群的气味，完全像个人了。醒醒吧，小兄弟，我带来了消息。"

"丛林里一切平安吗？"莫格里拥抱了它，说道。

"一切都好，除了那些被烫伤的狼。喂，听着。谢尔汗（一只瘸老虎）到很远的地方去打猎了，要等到它的皮毛重新长出以后再回来，它的皮毛烧焦得很厉害。它发誓说，它回来以后一定要把你的骨头埋葬在韦根加河边上。"

"那可不一定。我也做了一个小小的保证。不过，有消息总是件好事。我今晚累了，好些新鲜玩意儿弄得我累极了，灰兄弟。你一定要经常给我带来消息啊。"

"你不会忘记你是一头狼吧？那些人不会使你忘记吧？"灰兄弟焦急地说。

"永远不会。我永远记得我爱你，爱我们山洞里的全家。可是我也会永远记得，我是被赶出狼群的。"

"你要记住，另外一群也可能把你赶出去。人总归是人，小兄弟，他们说起话来，就像池塘里的青蛙说话那样哇啦哇啦的。下次下山，我就在牧场边上的竹林里等你。"

从那个夜晚开始，莫格里有三个月几乎没走出过村庄大门。他正忙着学习人们的生活习惯和生活方式。首先，他得往身上缠一块布，这使他非常不舒服；其次，他得学会钱的事，可是他一点也搞不懂，他还得学耕种，而他看不出耕种有什么用。村里的小娃娃们常常惹得他火冒三丈。幸亏丛林的法律教会了他按捺住火气，因为在丛林里，维持生命和寻找食物全凭着保持冷静；但是他们取笑他不会做游戏或者不会放风筝，或者取笑他某个字发错了音的时候，仅仅是因为他知道杀死赤身裸体的小崽子是不公正的，他才没有伸手抓起他们，把他们撕成两半。

他一点也不知道自己的力气有多大。在丛林里他知道自己比兽类弱，但是在村子里，大家都说他力气大得像头公牛。

莫格里也不知道种姓在人和人之间造成的差别。有次卖陶器的小贩的驴子滑了一跤，摔进了土坑，莫格里攥住驴子的尾巴，把它拉了上来，还帮助小贩码好陶器，好让他运到卡里瓦拉市场上去卖。这件事使人们大为震惊，因为卖陶器的小贩是个贱民，至于驴子，就更加卑贱了。可是祭司责怪莫格里时，莫格里却威胁说要把他放到驴背上去。于是祭司告诉米苏阿的丈夫，最好打发莫格里去干活，越快越好。村子里的头人告诉莫格里，第二天他就得赶着水牛出去放牧，莫格里高兴极了。当天晚上，由于他已经被指派去做村里的雇工，他便去参加村里的晚会。每天晚上，人们都围成一圈，坐在一棵巨大的无花果树底下，围着一块石头砌的台子。这儿是村里的俱乐部。头人、守夜人、剃头师傅（他知道村里所有的小道消息），以及拥有一支陶尔牌老式步枪的猎人布尔迪阿，都来到这儿集会和吸烟。一群猴子坐在枝头叽叽喳喳说个没完，石台下面的洞里住着一条眼镜蛇，人们每天晚上都向它奉上一小盘牛奶，因为它是神蛇。老人们围坐在树下，谈着话，抽着巨大的水烟袋，直到深夜。他们净讲一些关于神啦、人啦以及鬼啦的美妙动听的故事，布尔迪阿还常常讲一些惊人的丛林兽类的生活方式的故事，听得那些坐在圈子外的小孩的眼睛都差点鼓出来了。故事大部分是关于动物的，因为丛林一直就在他们门外。鹿和野猪常来吞吃他们的庄稼，有时在薄暮中，老虎公然在村子大门外不远的地方拖走一个男人。

莫格里对他们谈的东西自然是了解一些的，他只好遮住脸，不让他们看见他在笑。于是，当布尔迪阿把陶尔牌步枪放在膝盖上，兴冲冲地讲着一个又一个神奇的故事时，莫格里的双肩就抖动个不停。

这会儿布尔迪阿正在解释，那只拖走米苏阿儿子的老虎，是一只鬼虎。有个几年前去世的狠毒的放债人的鬼魂就附在那只老虎身上。"我说的是实话。"他说道，"因为有一回暴动，烧掉了普郎·达斯的账本，他本人也挨了揍，从此他走路总是一瘸一拐的，我刚才说的那只老虎，它也是个瘸子，因为它留下的脚掌痕迹总是一边深一边浅。"

"对，对，这肯定是实话。"那些白胡子老头一齐点头说。

"所有那些故事难道全都是瞎编出来的吗？"莫格里开口说，"那只老虎一瘸一拐的，因为它生下来就是瘸腿，这是谁都知道的呀。说什么放债人的魂附到一只比豺还胆小的野兽身上，完全是傻话。"

布尔迪阿吃了一惊，有好一会儿说不出话来。头人睁大了眼睛。

"嗬！这是丛林来的小家伙，是吗？"布尔迪阿说道，"你既然这么聪明，为什么不剥下它的皮送到卡里瓦拉去？政府

水牛群走动着，嚼着草，躺下，然后又爬起来向前走动，它们甚至不哞哞地叫，它们只哼哼。或者一头挨一头走进烂泥塘去，它们一点点钻进污泥里，最后只剩下它们的鼻孔和呆呆瞪着的青瓷色眼睛露在水面上。酷热的太阳，晒得石头跳起了舞，放水牛的孩子听见一只鸢（永远只是一只）在头顶上高得几乎望不见的地方发出啸声，他们知道，如果他们死了，或者是一头水牛死了，那只鸢就会扑下来。而在遥远的地方，另一只鸢会看见它下降，于是就跟着飞下来，接着又是一只，又是一只，几乎在很短的时间内，不知从哪里就会出现二十只饿鸢。接着，孩子们睡了，醒来，又睡了，他们用干枯的草叶编了些小篮子，把蚂蚱放进去；或是捉两只螳螂，让它们打架；要不他们就用丛林里的红色坚果和黑色坚果编成一串项链；或是观察一只趴在岩石上晒太阳的蜥蜴，或是观察一条在水坑旁边抓青蛙的蛇。然后他们唱起了漫长的歌曲，结尾的地方都带着当地人奇特的颤音，这样的白天仿佛比大多数人的整个一生还要长。他们或许用泥捏一座城堡，还捏些泥人和泥马、泥水牛，他们在泥人手里插上芦苇，他们自己装作国王，泥人是他们的军队，或者他们假装是受人礼拜的神。傍晚到来了，孩子们呼唤着，水牛迟钝地爬出黏糊糊的污泥，发出一声又一声像枪声一样响亮的声音，然后它们一头挨着一头穿过灰暗的平原，回到村子里闪亮的灯火那里。

莫格里每天都领着水牛到泥塘里去，每天他都能看见一里半以外岩石上灰兄弟的脊背（于是他知道谢尔汗还没有回来），每天他都躺在草地上倾听四周的声音，回想着过去在丛林里度过的时光。在那些漫长而寂静的早晨，哪怕谢尔汗在韦根加河边的丛林里伸出瘸腿迈错了一步，莫格里也会听见的。

终于有一天，在约好的岩石上他没有看见灰兄弟，他笑了，领着水牛来到了达克树下的小溪边。达克树上开满了金红色的花朵。灰兄弟就坐在那里，背上的毛全竖了起来。

"它躲了一个月，好叫你放松警惕。昨天夜里它和塔巴克（一只追随谢尔汗的豺）一块儿翻过了山，正紧紧追踪着你呢。"灰兄弟喘着气说道。

莫格里皱起了眉头："我倒不怕谢尔汗，但是塔巴克是很狡猾的。"

"不用怕。"灰兄弟稍稍舔了舔嘴唇说道，"黎明时我遇见了塔巴克，现在它正在对鸢鹰们卖弄它的聪明呢。在我折断它的脊梁骨以前，它把一切都告诉了我。谢尔汗的打算是今天傍晚在村庄大门口等着你——专门等着你，不是等别人。它现在正躺在韦根加的那条干涸的大河谷里。"

"它吃过食了吗？它是不是空着肚子出来打猎的？"莫格

里说，这问题对他是生死攸关的。

"它在天刚亮时杀了猎物—— 一头猪——它也饮过水了。记住，谢尔汗是从来不肯节食的，哪怕是为了报仇。"

"噢，蠢货，蠢货！简直像个不懂事的崽子！它又吃又喝，还以为我会等到它睡过觉再动手呢！喂，它躺在哪儿？假如我们有十个，就可以在它躺的地方干掉它。这些水牛不嗅到它的气味是不会冲上去的，而我又不会说它们的话。我们是不是能转到谢尔汗的脚印处，好让它们嗅出它来？"

"它跳进韦根加河，游了好长一段路，来消灭自己的气味。"灰兄弟说。

"这一定是塔巴克教它的，我知道。它自己是绝不会想出这个办法的。"莫格里把手指放进嘴里思索着，"韦根加河的大河谷，它通向离这儿不到半里的平原。我可以带着水牛群，绕道丛林，一直把它们带到河谷的出口，然后横扫过来——不过它会从另一头溜掉。我们必须堵住那边的出口。灰兄弟，你能帮我把水牛分成两群吗？"

"我可能不行，不过我带来了一个聪明的帮手。"灰兄弟走开了，跳进一个洞里，接着洞里伸出一个灰色的大脑袋，那是莫格里十分熟悉的，炎热的空气中响起了丛林里最凄凉的叫声—— 一头猎食的狼的吼叫。

"阿克拉！阿克拉！"莫格里拍起巴掌说道，"我早该知道，你是不会忘记我的。我们手头有要紧的工作呢。把水牛群分成两群，阿克拉。让母牛和小牛待在一起，公牛待在一起。"

两头狼在水牛群里穿进穿出，水牛群呼哧呼哧地喷着气，昂起脑袋，分成了两群。母牛站成一群，把它们的小牛围在中间，它们瞪起眼睛，前蹄敲着地面，只要哪头狼稍稍停下，它们就会冲上前去把它踩死。在另一群里，成年公牛和年轻公牛喷着气、跺着蹄子。不过，它们虽说看起来更吓人，但实际上并不那么凶恶，因为它们不需要保护小牛。就连六个男人也没法这样利索地把水牛群分开。

"还有什么指示？"阿克拉喘着气说，"它们又要跑到一块去了。"

莫格里跨到拉玛背上："把公牛赶到左边去，阿克拉。灰兄弟，等我们走了以后，你把母牛赶进河谷里面去。"

"赶到河岸高得谢尔汗跳不上去的地方。"莫格里喊道，"让它们留在那里，直到我们赶来。"阿克拉吼着，公牛一阵风似的奔了开去。灰兄弟拦住了母牛，母牛向灰兄弟冲去，灰兄弟稍稍跑在它们的前面，带着它们向河谷跑去。而阿克拉这时已把公牛赶到左边很远的地方了。

"干得好！小心，现在要小心了，阿克拉。你再扑一下，它们就会向前冲过去了。哎哟！这可比驱赶黑公鹿要来劲得多。你没想到这些家伙会跑得这么快吧？"莫格里叫道。

"我年轻的时候也……也捕猎过这些家伙。"阿克拉在尘埃中气喘吁吁地说道，"要我把它们引进丛林里去吗？"

"哎，赶吧！快点赶它们吧！拉玛已经狂怒起来了。唉，要是我能告诉它，今天我需要它帮什么忙，那该有多好！"

现在公牛被赶向右边，它们横冲直撞，闯进了高高的灌木丛。在半里外观望着的其他孩子拼命跑回村里，喊叫说水牛全都发了狂，说它们都跑掉了。

其实莫格里的计划是相当简单的。他只不过想在山上绕一个大圆圈，绕到河谷出口的地方，把谢尔汗夹在公牛和母牛群中间，然后捉住它。因为他知道，谢尔汗在吃过食，饮过大量水以后，是没有力气战斗的，并且也爬不上河谷的两岸。他现在用自己的声音安慰着水牛。阿克拉已经退到水牛群的后面，只是有时哼哼一两声，催着落后的水牛快点跑。他们绕了个很大很大的圆圈。因为他们不愿离河谷太近，引起谢尔汗的警觉。最后，莫格里终于把弄糊涂了的水牛群带到了河谷出口，来到一块急转直下、斜插入河谷的草地上。站在那块高坡上，可以越过树梢俯瞰下面的平原，但是莫格里只注视河谷的两岸。他非常满意地看见，两岸非常陡峭，几乎是直上直下的，岸边长满了藤蔓和爬山虎，一只想逃出去的老虎，在这里是找不到立足点的。

"让它们歇口气，阿克拉。"他抬起一只手说，"它们还没有嗅到它的气味呢。让它们歇口气。我得告诉谢尔汗是谁来了。我们已经使它落进了陷阱里。"

他用双手围住嘴巴，冲着下面的河谷高喊，这简直像冲着一条隧洞叫喊一样——声音从一块岩石弹到另一块岩石。

过了很久，传来了一只刚刚醒来的、吃得饱饱的老虎慢吞吞的带着倦意的咆哮声。

"是谁在叫？"谢尔汗说。这时，一只华丽的孔雀惊叫着从河谷里振翅飞了出来。

"是我，莫格里。偷牛贼，现在是你到会议岩去的时候了！下去！快赶它们下去，阿克拉！下去，拉玛，下去！"

水牛群在高坡边上停顿了片刻，但是阿克拉放开喉咙发出了狩猎的吼叫，水牛群便一头接一头像轮船穿过激流似的飞奔下去，沙子和石头在它们周围高高地飞起。一旦奔跑起来，就不可能一下子停住。它们还没有进入河谷的河床，拉玛就嗅出了谢尔汗的气味，吼叫起来。

"哈！哈！"莫格里骑在它背上说，"这下你可明白了！"只见乌黑的牛角、喷着白沫的牛鼻子、鼓起的眼睛，水牛像洪流一般冲下河谷，如同山洪暴发时，大圆石头滚下山去一样。体弱的水牛都被挤到河谷两边，冲进了爬山虎藤里。它们知道眼下要干什么——水牛群要疯狂地冲锋了，任何老虎都挡不住它们。谢尔汗听见了它们雷鸣般的蹄声，便爬起来，匆忙地左瞧右瞧，想找一条路逃出去。可是河谷两边的高坡几乎是笔直的，它只好向前走，肚里沉甸甸地装满了食物和水，这会儿叫它干别的什么都可以，就是不要让它战斗。水牛群践踏着它刚才离开的泥沼，它们不停地吼叫着，直到狭窄的河谷里充满了回响。莫格里听见河谷的另一端传来了回答的吼声，看见谢尔汗转过身来（老虎知道，到了紧急关头，面向着公牛比面向着带了小牛的母牛总要好一点），接着拉玛被绊了一下，打了个趔趄，踩着什么软软的东西过去了，公牛都跟在它身后，它们迎头冲进了另一群牛当中，那些不那么强壮的水牛挨了这一下冲撞，都被掀得四蹄离了地。这次冲刺使两群牛都涌进了平原，它们用角顶，用蹄子践踏，喷着气。莫格里看准了时机，从拉玛脖子上溜下来，拿起他的棍子左右挥舞。

"快些，阿克拉！把它们分开。叫它们散开，不然它们彼此会斗起来的。把它们赶开，阿克拉。嗨，拉玛！嗨！嗨！嗨！我的孩子们，现在慢些，慢些！一切都结束了。"

阿克拉和灰兄弟跑来跑去，咬着水牛腿。莫格里设法叫拉玛掉转了头，其余的水牛便跟着他到了水牛群打滚的泥沼。

谢尔汗不需要水牛群再去践踏它了。它死了，鸢们已经飞下来啄食它了。

"兄弟们，它死得像只狗。"莫格里说，一面摸着他的刀。他和人生活在一起以后，这把刀老是放在吊在他脖子上的一个刀鞘里，"不过，反正它根本是不想战斗的，它的毛皮放在会议岩上一定很漂亮，我们得赶快动手干起来。"

一个在人类社会长大的孩子，做梦也不会想到独自去剥掉一只老虎的皮的，但是莫格里比谁都了解动物的皮是怎样长的，也知道怎样把它剥下来。然而这活儿确实很费力气，莫格里用刀又砍又割，累得嘴里直哼哼，干了一个钟头，两头狼在一边懒洋洋地伸出舌头，当他命令它们的时候，它们就上前帮忙拽。

一会儿，一只手搭上了莫格里的肩头，他抬头一看，是那个有支陶尔步枪的布尔迪阿。孩子们告诉村里人，水牛全惊跑了，布尔迪阿怒冲冲地跑出来，一心要教训莫格里一番，因为他没有照顾好水牛群。狼一看有人来了，便立刻溜开了。

"这是什么蠢主意？"布尔迪阿生气地说，"你以为你能剥下老虎的皮！水牛是在哪里踩死它的？哦，还是那只跛脚虎哩，它的头上还悬了一百卢比的赏金。好啦，好啦，把水牛群吓跑的事，我就不跟你计较了，等我把虎皮拿到卡里瓦拉去，也许还会把赏金分给你一卢比。"他在围腰布里摸出打火石和火镰，蹲下身子去烧掉谢尔汗的胡须。当地许多猎人总是烧掉老虎的胡须，免得老虎的鬼魂缠上自己。

"哼！"莫格里仿佛是在对自己说，同时撕下了老虎前爪的皮，"原来你想把虎皮拿到卡里瓦拉去领赏钱，也许还会给我一个卢比。可是我有我的打算，我要留下虎皮自己用。喂，老头子，把火拿开！"

"你就这样对村里的猎人头领说话吗？你杀死老虎，全凭了你的运气和那群水牛的蠢劲。老虎刚刚吃过食，不然到这时它早已跑到二十里外去了。你连怎么好好剥它的皮都不会，小讨饭娃。好哇，你确实应该教训我不要烧它的胡须，莫格里。这下子我一个卢比的赏钱也不给你了，倒要给你一顿好揍。离开这具尸体！"

"凭赎买我的公牛起誓。"莫格里说，他正在设法剥下老虎的肩胛皮，"难道整个中午我就这么听一只老人猿唠叨个没完吗？喂，阿克拉，这个人老缠着我。"

布尔迪阿正弯腰朝着老虎脑袋看，突然发现自己被仰天掀翻在草地上，一头灰狼站在他身边，而莫格里继续剥着皮，仿佛整个印度只有他一个人。

"好——吧。"他低声说道，"你说得完全对，布尔迪阿。你永远也不会给我一卢比赏钱。这只跛脚老虎过去和我有过冲突，很久以前的冲突，而我赢了。"

说句公道话，如果布尔迪阿年轻十岁的话，他在森林里遇见了阿克拉，是会和它比试一下的，但是一头听这孩子命令的狼，而这个孩子又和吃人的老虎在很久以前有私人冲突，这头狼就不是一头普通的野兽了。布尔迪阿认为这是巫术，是最厉害的妖法，他很想知道，他脖子上戴的护身符是不是能够保护他。他躺在那里，一点也不敢动，他随时准备看莫格里变成一只老虎。

"王爷！伟大的国王！"他终于嘶哑着嗓子低声说道。

"嗯。"莫格里没有扭过头来，抿着嘴轻声笑了。

"我是个老头子。我不知道你不仅仅是个放牛孩子。你能让我站起来离开这儿吗？你的仆人会把我撕成碎片吗？"

"去吧，祝你一路平安。只不过下一次再也不要乱碰我的猎物了。放他走吧，阿克拉。"

布尔迪阿一瘸一拐地拼命朝村里跑，他不住地回头瞧，害怕莫格里会变成什么可怕的东西。他一到村里，就讲出了一个尽是魔法、妖术和巫术的故事，使得祭司听了脸色变得十分阴沉。

莫格里继续干他的活，直到将近傍晚，他和狼才把巨大的花斑皮从老虎身上剥下来。

"我们现在先把它藏起来，把水牛赶回家。来帮我把它们赶到一块吧，阿克拉。"

水牛群在雾蒙蒙的暮色中聚到一块了，当他们走近村子时，莫格里看见了火光，听见海螺呜呜地响，铃儿叮当地摇。村里一半的人似乎都在大门那等着他。"这是因为我杀死了谢尔汗。"他对自己说。但是一阵雨点似的石子在他耳边呼啸而过，村民们喊道："巫师！狼崽子！丛林魔鬼！滚开！快些滚开，不然祭司会让你变回一头狼。开枪，布尔迪阿，开枪呀！"

那支旧陶尔步枪砰的一声开火了，一头年轻的水牛痛得吼叫起来。

"这也是巫术！"村民叫喊道，"他会叫子弹拐弯。布尔迪阿，那是你的水牛。"

"这是怎么回事呀？"石头越扔越密，莫格里摸不着头脑地说。

"这些人跟狼群没什么两样。"阿克拉镇定自若地坐下说，"我看，假如子弹能说明什么的话，他们是想把你驱逐出去。"

"狼！狼崽子！滚开！"祭司摇晃着一根神圣的罗勒树枝叫喊道。

"又叫我滚吗？上次叫我滚，因为我是一个人。这次却因为我是一头狼。我们走吧，阿克拉。"

一个妇人——她是米苏阿——跑到水牛群这边来了，她喊道："啊，我儿，我儿！他们说你是个巫师，能随便把自己变成一头野兽。我不相信，但是你快走吧，不然他们会杀死你的。布尔迪阿说你是个巫师，可是我知道，你替纳索的死报了仇。"

"回来，米苏阿！"人们喊道，"回来，不然我们就要向你扔石头了。"

莫格里恶狠狠地、短促地笑了一声，因为一块石头正好打在他的嘴巴上。"跑回去吧，米苏阿。这是他们黄昏时在大树下面编的一个荒唐的故事。我至少为你儿子报了仇。再会了！快点跑吧，因为我要把水牛群赶过去了，比他们的碎石头块跑得还要快。我不是巫师，米苏阿。再会！"

"好啦，再赶一次，阿克拉。"他叫道，"把水牛群赶过去。"水牛也急于回到村里，它们几乎不需要阿克拉的咆哮，就像一阵旋风冲进了大门，把人群冲得七零八散。

"好好数数吧！"莫格里轻蔑地喊道，"也许我偷走了一头水牛呢。好好数数吧，因为我再也不会给你们放水牛了。再见吧，人们，你们得感谢米苏阿，因为她，我才没有带着我的狼沿着你们的街道追捕你们。"

他转过身，带着狼走开了。当他仰望着星星时，他觉得很幸福："我不必再在陷阱里睡觉了，阿克拉。我们去取出谢尔汗的皮，离开这里吧。不，我们绝不伤害这个村庄，因为米苏阿待我是那么好。"

当月亮升起在平原上空，使一切变成了乳白色的时候，吓坏了的村民看见了身后跟着两头狼的莫格里，他的头上顶着一包东西，正用狼的平稳小跑赶着路，狼的小跑就像大火一样，把漫长的距离一下子就消灭掉了。于是他们更加使劲地敲起了庙宇的钟，更响地吹起了海螺。米苏阿痛哭着。布尔迪阿把他在丛林里历险的故事添枝加叶讲了又讲，最后竟说，阿克拉用后脚直立起来，像人一样说着话。

莫格里和两头狼来到会议岩的山上，月亮正在下沉，他们先在狼妈妈的山洞前停下。

"他们把我从人群里赶了出来，妈妈。"莫格里喊道，"可是我实现了诺言，带来了谢尔汗的皮。"狼妈妈从洞里费力地走了出来，后面跟着狼崽们。狼妈妈它一见虎皮，眼睛便发亮了。

"那天它把脑袋和肩膀塞进这个洞口，想要你的命，小青蛙。我就对它说：捕猎别人的，总归要被人捕猎的。干得好。"

"小兄弟，干得好。"一个低沉的声音从灌木丛里传来，

"你离开了丛林，我们都觉得寂寞。"巴希拉（一只黑豹，莫格里的丛林朋友）跑到莫格里赤裸的双脚下。他们一块爬上会议岩，莫格里把虎皮铺在阿克拉常坐的那块扁平石头上，用四根竹钉把它固定住。阿克拉在上面躺了下来，发出了召集大会的召唤声——"瞧啊——仔细瞧瞧，狼群诸君！"正和莫格里初次被带到这里时的呼叫一模一样。

自从阿克拉被赶下台以后，狼群就没有了首领，它们可以随心所欲地行猎和斗殴。但是它们出于习惯，回答了召唤，它们中间，有些跌进了陷阱，变成了瘸子；有些中了枪弹，走起来一拐一拐的；一些吃了不洁的食物，全身的毛变得癫巴巴的。还有许多头狼下落不明，但是剩下的狼全都来了，它们来到会议岩，看见了谢尔汗的花斑毛皮摊在岩石上，巨大的虎爪连在空荡荡的虎脚上，在空中晃来晃去。就是在这时，莫格里编了一首不押韵的歌，这首歌自然而然地涌上了他的喉头，他便高声把它喊出来，一面喊，一面在那张嘎嘎响的毛皮上蹦跳。用脚后跟打着拍子，直到他喘不过气来为止。灰兄弟和阿克拉也夹在中间吼叫着。

"仔细瞧瞧吧，噢，狼群诸君！我是否遵守了诺言？"莫格里喊完以后说。狼群齐声叫道："是的。"

一头毛皮凌乱的狼叫道："还是你来领导我们吧，啊，阿克拉。再来领导我们吧，啊，人娃娃。我们厌烦了这种没有法律的生活，我们希望重新成为丛林兽民。"

"不。"巴希拉柔声地说道，"不行。等你们吃饱了，那种疯狂劲又会上来的。把你们叫作自由的兽民，不是没有缘故的。你们不是为了自由而战斗过了吗？现在你们得到了自由。好好享受它吧，狼群诸君。"

"人群和狼群都驱逐了我。"莫格里说，"现在我要独自在丛林里打猎了。"

"我们和你一起打猎。"四头小狼说。

于是从那天起，莫格里便离开了那里，和四头小狼在丛林中打猎。但是他并没有孤独一辈子，因为许多年以后，他长大成人，结了婚。

不过，那是一个讲给成年人听的故事了。

文美惠　译

野性的呼唤 （节选）

[美国]杰克·伦敦

进 入 原 始

巴克住在阳光普照的圣克拉拉①山谷一座大房子里。这房子被称作大法官米勒的宅邸。它远离大路,半掩在树林里,透过林子可以瞥见宽敞、凉爽的阳台。

砾石车道从高大的白杨交错的树枝下,蜿蜒着穿过广阔的草地通向房子。

房后也有一些设施,地面甚至更加开阔。有一些大马厩,十多个马夫和男仆在这儿高谈阔论,有一排排仆人住的、被藤蔓覆盖的小屋,许许多多排列整齐的外屋,长长的葡萄藤,绿色的牧场、果树林以及浆果地。还有自流井抽水设备,一个很大的水泥游泳池,大法官米勒家的男孩们早晨在这里跳水,炎热的下午泡在里面降温。

巴克统治着这片广阔的领地。它在这儿出生,并生活了

①美国加利福尼亚州的一座城市。

四年。它父亲埃尔莫是一只圣伯纳德犬①，曾经和大法官形影不离，巴克有可能会像父亲一样陪伴大法官。它并不重——只有一百四十磅②重——因为母亲谢普是一只苏格兰牧羊犬。然而，一百四十磅的体重，加上养尊处优、受到普遍尊敬所带来的高贵品性，使它具有了十足的王子风度。它在过去的四年里，过着非常满足的贵族生活。它为自己感到很得意，老是有一点儿自高自大，正如乡下绅士有时由于孤陋寡闻表现出的那样。但是它没有任由自己仅仅变成一只被娇惯的看家狗。它出去打猎和从事类似的户外娱乐活动，因此没发胖，肌肉变得坚实起来。对于它，正如对于其他做冷水浴的种族一样，水增强了它的体质。

这些便是一八九七年秋天巴克的行为特点，当时"克朗代克发现"③将全世界各地的人吸引到了这个冰天雪地的北方地区。但巴克并不看报，它也不知道曼努埃尔——园林主的一个佣工——是一个要不得的旧相识。曼努埃尔有一个改不掉的恶习，他爱中国赌博④。在赌博中他还有一个改不掉的毛

①一种大型红棕毛或白毛狗。
②英美制质量或重量单位。
③指克朗代克河周围的河谷地区，1896年发现金矿，曾引起淘金热。
④指牌九。

　　这节快车厢被拖在尖叫的机车尾巴上跑了两天两夜，两天两夜了，巴克没吃没喝。快车厢里的信差们最初向它表示友好时，它因为心里气愤向他们发出了嗥叫，于是他们进行报复，取笑它。它往板条上扑着，浑身发抖，口吐白沫，而他们却嘲笑它，奚落它。他们像可憎的狗一样叫着，还发出咪咪的声音，挥舞手臂，扬扬得意。它知道这一切太无聊，而它的尊严也因此受到更大的伤害，它越来越愤怒。肚子饿了它倒不很在乎，但口渴使它痛苦，愤怒到极点。这样的事任谁都会激动生气，所以如此的虐待使它发狂，加上口干舌燥，喉舌发肿，似要起火一般，它的狂怒便有增无减了。

　　不过有一件事它是高兴的：脖子上的绳子没有了。是绳子使他们得到一种不公平的优势，现在既然已取掉，它就要给他们点颜色看看。他们再也别想把绳子套在它脖子上了，它对此下了决心。两天两夜它没吃没喝，深受折磨，积下了满腔怒火，无论谁先和它发生冲突都会凶多吉少。它眼睛充血，变成了一个狂怒的魔鬼。它变得和过去迥然不同，连大法官本人也会认不出它来的。当快车厢里的信差们在西雅图①把它卸下来时，它终于宽慰地出了口气。

_____

①美国华盛顿州重要港市。

鸟儿的色彩

四个男人小心翼翼地把板条箱从马车上抬进一个围着高墙的小后院里。一个矮胖的男人走出来在车夫的登记簿上签了字，他穿一件红衣衫，其颈部下垂得很厉害。巴克推测他就是下一个折磨它的人，于是凶猛地撞着板条。矮胖男人现出狞笑，拿来一把短柄小斧和一根棍棒。

"你现在不把它放出来吧？"车夫问。

"干吗不放？"矮胖男人回答，把短柄小斧砍进板条箱，以便撬开板条。

那四个抬它进来的人立即散开，爬到墙顶安全的地方，准备观赏一下这场好戏。

巴克扑向裂开的板条，用牙齿咬住使劲摇晃。外面斧子砍向哪里，它就在里面扑向哪里，又嚎又叫，心急如火地想要出去，正如穿红衣衫的人一心要放它出来一样。

"好啦，你这红眼鬼。"他砍开了一个足以使巴克的身子通过的洞。与此同时他丢下斧子，把棍棒移到右手上。

巴克还真是红眼鬼。因为它收住身子准备跳出去时，毛发竖立，口吐白沫，充血的眼睛里露出疯狂的光芒。它带着一百四十磅重的愤怒，满怀两天两夜被压抑的怒火，直向那男人扑去。但正当它在半空中爪子要向他抓去时，突然它被狠击了一下，身子受阻，极其痛苦地猛然合上牙齿。它被打翻在地。以前它从未被棍棒打过，因此不懂。它嚎着，其中带着吠叫，但更多的是尖叫。它站起来又一次向空中扑去，结果再次被彻底打翻在地上。这次它明白了都是那根棍棒的原因，便发狂得不顾一切。它攻击了十多次，次次被挡回，打倒。

它又狠狠地挨了一棒后，只能慢慢向前冲，因为头昏眼花得冲不起来了。它有气无力地摇晃着身子，血从鼻、嘴和耳里流出，美丽的皮毛上溅着、染着斑斑血迹。然后那人走上前来，不慌不忙在它鼻子上又是狠命一击。这一下使它痛苦到了极点，相比之下先前所忍受的一切痛苦都微不足道。它几乎像一头凶猛的狮子咆哮起来，再一次向那人猛扑过去。可那人把棍棒从右手移到左手，沉着地抓住它的下颚，往下面和后面猛摔。巴克在空中被舞了整整一圈，又舞了半圈，然后头部和胸部猛然撞到地上。

它又做了最后一次冲击，那人便狠命地打了它一下——他故意打得这么凶猛——巴克被打得完全失去了知觉，彻底瘫倒在地。

"他收拾狗还真有两下子，我说。"墙上一个人兴致勃勃地叫道。

"德鲁塞哪天不收拾狗，礼拜天还要治它们两次呢。"一个人应道，他们爬上马车赶着马走了。

这时巴克恢复了知觉，但仍软弱无力。它躺在倒下的地方不能动弹，望着穿红衣衫的男人。

"名叫巴克。"他自言自语，酒馆老板的信里写明了板条箱的交付情况，"唔，巴克，好家伙。"他用亲切的声音说，"咱们小小斗了一下，现在最好是别把这事放在心上。你我都了解自己的情况啦。只要你乖点，一切都会好起来的，不然我会让你好受的。明白吗？"

这样说着，他毫无畏惧地用手拍拍刚才被打得如此凶狠的狗头。虽然他的手碰着时巴克的毛发无意中又竖起来，但它容忍了，没有反抗。它非常急地喝着那人取来的水，随后又一块接一块从他手上狼吞虎咽地吃了不少的生肉。

它被打了（它知道），但没有垮掉。它彻底明白自己根本无法反抗一个手持棍棒的人。它吸取了这个教训，今后永远也不会忘记。棍棒可是一个新发现。它把巴克引入了由原始法则统治的天地，而巴克是半路才被引进去的。生活中的事实又呈现出更残酷的一面，虽然它无所畏惧地正视这一面，但本性中所有潜在的狡猾也在醒来。随着一天天过去，又运来了其他的狗，它们被关在板条箱里，用一条条绳子系着，有的温驯，有的像它来时一样发出怒吼。它看着它们在穿红衣衫的男人的支配下变得遍体鳞伤。巴克一次次看着每个残忍的场面，印象非常深刻。一个手持棍棒的人就是制定法典者，一个必须服从的主子，尽管不一定要博得他的欢心——巴克是绝对不犯这个错误的，虽然它的确看见被打的狗去讨好那男人，摇着尾巴，舔他的手。它还看见一只狗一点也不服从，最后在争夺自由的搏斗中被打死。

不时来一些男人，一些陌生的人，他们兴奋地说着骗人的话，千方百计对穿红衣衫的人奉承讨好。当钱在这些人中间传递之后，他们便将一只或两只狗带走。巴克不知它们都去了哪里，因为它们再也没回来，它为将来感到非常担忧，庆幸每次都未被选上。

然而终于轮到它了，那是一个身材矮小、形容枯槁的男人，操着蹩脚的英语，还发出不少粗鲁的怪叫，巴克一点也弄不明白。

"太棒了！"他叫道，眼睛盯住巴克，"拿（那）条狗真棒！嗯？多小（少）？"

"三百，这还算我送你呢。"穿红衣衫的男人立即回答，"既然是花政府的钱，你就别再压价了，嗯，佩罗①？"

佩罗咧嘴而笑。鉴于人们对狗的需求量猛增，狗价升到了

---

①佩罗是加拿大政府的信使。

天上，这么出色的一只动物那笔钱并非不合理。加拿大政府绝不会损失什么，其公文也不会传递得更慢。佩罗懂得狗，一看见巴克就知道它是千里挑一的——"完（万）里挑一。"他心里评价道。

巴克看见钱在他们中间转手，因此当柯利——一只温厚的纽芬兰犬①——和它被形容枯槁的小个子男人带走时，它并不惊奇。这是它最后一次看见穿红衣衫的人。然后它和柯利在"一角鲸"船的甲板上看着西雅图渐渐消失，这是它最后一次看见温和的南方。它和柯利被佩罗带到了甲板下层，转给一个名叫弗朗索瓦的人，他面部黝黑，身材高大。佩罗是一个法裔加拿大人，皮肤黝黑，而弗朗索瓦是一个法裔加拿大人生的混血儿，皮肤更黑。巴克觉得他们是一类人（它注定还要见到很多类人），虽然它对他们毫无感情，但仍然真诚地表示敬意。它很快知道佩罗和弗朗索瓦都公正合理，处事上沉着而不偏袒，对付狗很有一套，绝不会被它们愚弄。

在"一角鲸"船的甲板上，巴克和柯利遇到了另两只狗。有一只是从斯匹次卑尔根群岛②来的雪白的大家伙，它先被一个捕鲸船船长带走，后又同一支地质勘测队进过北美洲的荒

———————

①一种一般为黑色，躯体很大，善于游泳的狗。

②在挪威，位于巴伦支海和格陵兰海之间。

漠。它很友好，不过也有些奸诈，心里想着什么诡计时会冲着你面带笑意，比如第一顿饭它偷巴克的东西时就是这样。当巴克扑过去惩罚它时，空中响起了弗朗索瓦的鞭子声，打到罪犯的身上，巴克只要去弄回骨头就是了。弗朗索瓦是公平的，它断定，于是这个混血儿便开始受到了巴克发自内心的尊敬。

另一只狗根本不愿让谁接近，因此也没哪只狗去接近它，它也不去偷新来者的东西。它是一个郁郁不乐、愁眉不展的家伙，向柯利明白表示它只想单独待着，并且如果谁要去打扰它就会自找麻烦。它叫戴夫，只管吃和睡，时而打个呵欠，对其他什么都不感兴趣，甚至在"一角鲸"穿过夏洛特皇后湾，着了魔似的颠簸、摇晃和起伏时也是这样。当巴克和柯利紧张不安，吓得有些发狂时，它好像被打搅了似的抬起头，毫无兴趣地看它们一眼，打个哈欠又睡它的去了。

螺旋桨不知疲倦地转动着，船也昼夜随之颤动，虽然每一天都几乎差不多，但巴克明显感到天气愈来愈冷了。终于有一天早上螺旋桨安静下来，"一角鲸"上充满了兴奋激动的气氛。它和其余的狗一样感觉到这点，知道不久就有变化了。弗朗索瓦用皮带捆住它们，带到甲板上。巴克刚一踏上冰冷的地面，脚就陷入颇像白泥浆似的软软的东西中。它突然喷一下鼻息跳回去。这种白色东西还在从空中落下来。它抖动一下身子，可另外一些白东西又落到身上。它好奇地嗅着，又用舌头舔了一点。白东西入嘴像糖一般，随即就不见了。它摸不着头脑。再试一下，结果还是一样。旁边的人看着哈哈大笑，它感到害臊，却弄不明白为什么——因为这是它第一次看见雪。

棍棒与犬牙法则

巴克第一天在迪亚海滩上像做了一场噩梦，每时每刻都充满震惊和诧异。它从文明的中心突然被猛拉出去，抛向了原始的中心。这里根本没有那种阳光照耀的、懒洋洋的生活，而只能到处游荡，让人心烦。这里没有安宁，没有休息，也没有片刻的安全。一切混乱不堪，充满你争我斗，生命随时处在危险之中。必须一直保持警惕，因为这些狗和人都是很野的家伙，只知道棍棒与犬牙法则。

它从没见过狗像狼一样，第一次经验给了它一个难忘的教训。不错，这是一次间接的经验，不然巴克怎么能活着从中受益呢？柯利却成了牺牲品。它们被临时安顿在原木仓库附近，柯利友好地向一只强健的狗接近，这只狗有成年的狼那么大，虽然还不及柯利的一半。一点警告也没有，只是如闪电一般跃来，牙齿发出刺耳的猛咬声，又同样迅速地闪开，柯利的脸就从眼到颌被撕破了。

突然袭击一下就闪开，这是狼的打法。可事情还没就此为止。三四十只爱斯基摩狗跑过来，目不转睛，一声不响地把两只搏斗的狗团团围住。巴克不明白它们为什么要目不转睛、一声不响，也不明白其幸灾乐祸的热切样子。柯利用力推它的敌人，但敌人再一次袭击，闪开。柯利第二次推它时，被它用胸膛狠狠地撞了一下，姿势奇特，使柯利跌倒在地，再也没爬起来。这正是一旁观看的爱斯基摩狗等待的时刻。它们向柯利围拢，又嚎又叫，一只只毛发竖立着用身子把柯利压在下面，使它发出痛苦的尖叫。

这一切来得如此突然，如此出乎意料，使巴克大吃一惊。巴克看见这只叫斯皮茨的凶手伸出红红的舌头，像要笑的样子，又看见弗朗索瓦挥舞着斧子跳进狗群里。另外三个男人也在帮他驱散狗。这并没花多少时间。柯利倒下去后不过两分钟时间，最后一只攻击它的狗也被打跑了。可柯利浑身无力，毫无生气，躺在染上血迹、被践踏的雪地里，几乎实实在在地被撕碎了，黑皮肤的混血儿站在它旁边凶狠地骂着。巴克经常想到这个场面，以至睡不好觉。就是这么回事。一点也不公平的比赛。一旦倒下去就完了。唔，巴克要注意决不倒下去。斯皮茨伸出舌头又像要笑的样子，从那时起巴克就对它产生了永不消失的深仇大恨。

柯利悲惨地死了，使巴克极为震惊，它尚未恢复过来又再一次被震惊了。弗朗索瓦把一套东西系在了它身上，是挽具，它在家里时看见过马夫们套在马身上的。正如它看见过马干活一样，现在它自己也被弄去干活，让弗朗索瓦坐到雪橇上把他拖到山谷边缘的森林里去，再从那儿拖回木柴。尽管它被这样当成了一只挽畜，自尊受到极大伤害，但它很聪明，不会反抗的。它凭着意志尽量把活干好，虽然一切都是那么新鲜、生疏。弗朗索瓦非常严厉，他的要求必须立即服从，凭着他手中的鞭子，狗确也能立即服从。而戴夫是一只有经验的辕狗，只要巴克一出错就咬它的后身。斯皮茨是领头狗，同样也有经验，由于总不能够着巴克，它便不时发出吠叫表示责怪，或者狡诈地把身子挤过去，让巴克走到自己的道上。巴克很容易就学会了，在两个同伴和弗朗索瓦的教导下取得了很大进步。在他们回到营地前它已相当懂得"喔"表示停止，"驾"表示向前，到转弯处时要转得大一些，装着东西的雪橇下山时跑得极快，要离辕狗远点。

"彻（这）些狗真不赖。"弗朗索瓦对佩罗说，"彻（这）只巴克，它拉得好死啦。哦（我）没几下就把它教会了。"

下午，佩罗急匆匆地上路去送急件，他回来时带回来两只狗。他给它们分别取名为"比勒"和"乔",是两兄弟,纯正的爱斯基摩狗。尽管是同母所生的两只雄狗,但它们像白天和夜晚一样截然不同。比勒的一个缺点是过于温厚,而乔却完全相反,性情乖戾,老是叫个不停,眼神充满恶意。巴克以同志般的态度接待它们,戴夫对它们不屑一顾,而斯皮茨却先攻击一只狗,再去攻击另一只。比勒姑息地摇着尾巴,看见自己的姑息毫无用处便转身就跑,当斯皮茨用锋利的牙齿在它肋部咬出牙印时,它叫了起来(仍然是姑息地叫)。但无论斯皮茨怎样围着转,乔都面对着它,立在脚跟上转动身子,毛发竖立,耳朵往后,嘴唇嚅动,发出吠叫,上下颌飞快地咬着,眼睛发出恶狠狠的光——体现出好战的本性来。它的面目太可怕了,斯皮茨不得不放弃惩罚它,但为了掩盖自己的狼狈,它转向哀叫着的比勒,把比勒赶到了营地里。

傍晚佩罗又弄来一只狗,是一只老爱斯基摩狗,身长瘦削,因打架脸上留下了伤疤,独眼一闪一闪地警告着别人它什么也不怕,必须受到尊敬。它叫索莱克斯,"愤怒者"的意思。像戴夫一样,它什么也不求,什么也不给,什么也不想。它不慌不忙地走到狗群中间时,连斯皮茨都不去打扰它。它有一个怪癖巴克不幸没发现——不喜欢谁靠近瞎眼的一边。巴克无意中冒犯了它,刚一知道自己不慎重时索莱克斯已猛然转过身向它扑来，在它肩头上咬了一道深深的口子，一直露出骨头。从此以后巴克再也没靠近过索莱克斯瞎眼的一边，因此它们的情谊直到最终都没有任何麻烦。很明显索莱克斯唯一的愿望和戴夫的一样，就是谁也不要去打扰它。不过巴克后来了解到，它们两个都还有一个大大的野心。

晚上巴克面临着睡觉的大问题。帐篷里点着一支蜡烛，在白色平原中发出暖和的光。它理所当然地钻了进去，可这时佩罗和弗朗索瓦两人都向它发出了连珠炮似的咒骂，还用烹饪用具朝它猛打，直到它从惊恐中醒悟过来，屈辱地逃到了寒冷的外面。寒风呼啸，把它冻得发麻，仿佛带着专门的恶意刺痛着它受伤的肩头。它趴在雪地上想睡觉，可是天寒地冻的，不久弄得它浑身打战。它忧郁难过，在许多帐篷之间荡来荡去，只是发现到处都一样冷。不时有些野狗向它冲来，它竖起颈部的毛发吠叫着（它学得很快），那些野狗也就不敢来惹它了。

它终于想到一个主意：回去看看其他的伙伴是如何办的。令它吃惊的是它们都不见了。它又穿过大营地四处去找，再回到原处。难道在帐篷里？不，那不可能，否则它就不会被赶出来了。那么它们可能到哪里去了呢？它垂着尾巴，浑身发抖，实在可怜，茫然地围着帐篷转。忽然它前脚下的雪松了，身子陷下去了。什么东西在它脚下蠕动着。它跳上来，毛发竖立，大叫着，害怕那看不见、弄不明白的东西。可是传来友好、轻微的狗叫声，它才消除了疑虑，仔细查看。一股热气钻入它鼻孔，原来比勒舒舒服服地蜷缩成一团趴在雪下面呢！比勒呜呜地发出抚慰的声音，蠕动着身子以表示它的好心好意，甚至为了求得安宁还极力讨好巴克，冒险用温暖、湿润的舌头去舔它的脸。

又一个教训。这么说它们就是这样的了，嗯？巴克满怀信心选了一个地点，手忙脚乱地为自己挖了一个洞。片刻之后它身上散发的热气便充满了狭小的空间，它睡着了。白天漫长而艰辛，因此它酣睡起来，舒服极了，虽然不时在噩梦中吠叫着，搏斗着。

直到醒来的营地发出各种嘈杂的声音，它才睁开眼睛。起初它不知道自己在哪里。一晚上都在下雪，它被彻底埋没了。雪将它团团围住，一股巨大的恐惧汹涌而来——野性之物对于陷阱的恐惧。这标志着它正从自己的生活跳入祖先们的生活中去，因为它是一只文明的狗，过分文明的狗，生活经历中对陷阱一无所知。它浑身肌肉不安地、本能地收缩着，脖子、肩头上的毛发竖起，发出一声凶猛的吠叫，纵身跃入眼花缭乱的白昼，此时正大雪纷飞。没等站稳，它便看到眼前一片白色的营地，明白了自己身在何处，并且从和曼努埃尔出去散步起，到昨晚为自己挖洞的所有经过它都记起来了。

戴夫是辕狗，它前面是巴克，然后是索莱克斯，其余的狗成一列用带子拴着跑在前面，最前面的是领头狗斯皮茨。

巴克是被有意放在戴夫和索莱克斯中间的，好让那两只狗教它。它是一个聪明的学徒，它的师傅们也同样聪明，一发现它的错误就纠正，用锋利的牙齿强行施教。戴夫公正合理，非常明智，从不无故咬巴克，而要咬它时没有咬不着的。弗朗索瓦的鞭子又在教它，巴克发现纠正错误比去以牙还牙还容易些。有一次它把自己的路线搞混了，拖延了行驶，大家暂时停下来，戴夫和索莱克斯都向它发起攻击，发出一种呵斥的声音，本来已混乱的状况变得更加糟糕。从此以后巴克就非常小心，不乱跑，一天没到它已熟练掌握了工作，身边的同伴们也不再找它的"岔子"。弗朗索瓦的鞭子也舞得少了，佩罗甚至还向巴克表示敬意，抬起它的脚仔细查看。

这天跑得真够辛苦的，它们上了迪亚峡谷，穿过羊营地，经过森林边缘，横跨几百英尺深的冰河和雪堆，翻过巨大的奇尔分水岭——它位于咸水和淡水之间，守卫着黯然而孤寂的北方。湖水装满了一座座死火山口，它们沿湖跑得很快，当天深夜进入贝内特湖上端的大营地，数千名淘金者正在这里造船以防冰雪在春天融化。巴克在雪里挖了一个洞，因精疲力竭而好好睡了一觉，但一大早在天还没亮且十分寒冷时就被弄起来，和同伴们一起套在了雪橇上。

这天它们跑了四十英里①，不过道路本身是坚实的。第二天以及随后许多天，它们都自己开辟道路，工作更辛苦，跑得更缓慢，一般佩罗走在队伍前面，用他的湿鞋子把雪踩紧以便它们跑起来容易一些。弗朗索瓦操纵雪橇的方向杆，有时和佩罗交换一下，但不经常。佩罗行动很迅速，为自己掌握的冰的知识感到自豪，这种知识必不可少，因为此时的冰很薄，凡有急水的地方根本就没有冰。

一天又一天，巴克长时间地在路上辛苦地跑着。他们总是天刚一亮就上路了，把一英里一英里的路抛在身后。然后又在天黑时扎营，狗们吃各自的一块鱼，爬进雪堆里睡觉。巴克很饿。它每天的定量是一磅半晒干的鲑鱼，可吃了好像没吃似的。它从来都吃不饱，肚子老是饿得痛。而其他的狗由于体重较轻，并且生来就是过的这种生活，所以每天只吃一磅鱼，而且状况还不错。

它过去是很挑食的，但很快就失去了这种作风。它是一个过分讲究的美食家，发现伙伴们先吃完自己的东西后，把它没

---

①英美制长度单位，1英里约等于1.6公里。

吃完的也抢去吃了。它无法保护好自己的食物——当把两三只狗赶跑时，食物已进了其他狗的嘴里。为弥补这一点它吃得和它们一样快。由于饿得厉害，它也只好去偷吃不属于自己的东西。它观察着，学习着。看见派克——一只新来的狗，精明的装病逃差者和小偷——趁佩罗一转背就狡猾地偷走一片咸猪肉，自己次日也如法炮制，偷走了整整一大块肉，于是引起一场轩然大波，但它没受到怀疑。而杜布——一个笨拙的干坏事老被抓住的家伙，替巴克的罪过受到了惩罚。

这第一次偷窃，表明巴克在北方这个怀有敌意的环境里适合生存下去；也表明了它的适应性，它随遇而安的能力——缺乏这些便意味着毁灭；还表明了它道德品性的衰退或崩溃——在为生存而进行的无情斗争中，这道德品性成了徒劳无益的东西或障碍。在慈爱与友谊的法则下，南方一切是那么美好，大家尊重私有财产和个人感情，可是在北方，在棍棒与犬牙的法则下，无论谁考虑道德的事情都是一个傻瓜，它只要那样去做就必将消亡。

巴克没有想明白，只知道自己适于生存，并且无意识地去适应新的生活方式。不管发生什么争斗，和别的狗打起架来它是从来都不跑开的。不过那个穿红衣衫的男人的棍棒，已经把一个更基本、更原始的法则打进了它身体里。文明的时候，它会为了某种道义去死，比如为了守卫米勒大法官的马鞭，但是它现在该保护某种道义时却能逃之夭夭，使自己免于丧命，证明它已完全失去了道德。它偷吃东西不是为了好玩，而是因为肚子在咕咕叫。它不公开抢劫，它悄悄地、狡诈地偷取，这是出于对棍棒和犬牙的敬畏。一句话，它做的那些事之所以被做，是因为做比不做更容易些。

它的进展（或退步）是迅速的。肌肉变得坚硬如铁，对于所有一般疼痛都麻木不仁。它无论是体内还是体外都能充分利用食物，什么都能吃，不管多么厌恶或不消化。一旦吃进肚里，胃液便将全部营养提取，再由血液运送到身体的各处，使之进入最结实强健的肌体组织中。它的视觉和嗅觉变得相当敏锐，听力也变得如此敏感，睡着时也能听见最微小的声音，知道预示的是安全还是危险。当冰附在脚趾间时，它学会了用牙齿去咬开；当口渴而水坑上盖着一块厚冰时，它会抬起僵直的前腿去把冰捅破。它最引人注意的特点是能够提前一夜嗅到风的气味并进行预测。它在树旁或岸边挖窝时，不管当时空气怎样静止，风随后吹过来时，它总能舒舒服服地处在背风处。

它不仅从经验中学习，而且早已死去的本能也复生了。那些已驯化的一代代狗比它先死去。它模模糊糊回想起那些狗的早期时候，回想起还是野狗的它们成群结队地穿行在原始森林中，一发现猎物就扑上去吃个精光。学会用牙去撕咬和像狼一般猛扑，对于它一点也不难。被遗忘的祖先们不就是这样进攻的吗？它玩的这些把戏，正是祖先们遗传给狗类的古老把戏——祖先们使巴克体内古老的生命复活了。这些把戏毫不费力或未经发现就产生了，好像一直存在于它身上。在寂静、寒冷的夜晚，当它仰望着一颗星发出长长的、狼一般的嗥叫时，是它已死去化为尘土的祖先们，穿过时空、穿过它自己，仰望着一颗星发出嗥叫。它的声音就是祖先们的声音，这声音表达了它们的悲哀，在它们看来意味着寂寞、寒冷和黑暗。

这是一首古老的歌，这歌在它体内汹涌澎湃，使它恢复了自己的本性。这歌标志着生命多像一场傀儡戏。它之所以恢复了本性，是因为人们在北方发现了一种黄色金属，因为曼努埃尔是一个园林主的佣工，那点工资满足不了妻子和好几个孩子的需要。

支配一切的原始兽性

原始兽性支配一切，它在巴克身上表现得十分强烈，在拉雪橇这种艰难的条件下更是有增无减。但它是在暗中增长的。新产生的狡诈使巴克能沉着冷静，善于控制。它太急于适应新们身上，它们嚎着、叫着，但仍然疯狂地抢夺食物，直到吃完最后一点碎屑。

与此同时，受惊的队狗也从窝里冲出来，却遭到凶残的入侵者袭击。巴克从没见过这样的狗，它们的骨头好像要鼓出皮肤似的。它们仅仅是些骷髅而已，松松地披着肮脏的兽皮，眼露凶光，牙淌口水。因饿得发狂它们变得十分可怕，不可抵抗。谁也无法抵抗它们。队狗们一开始就被逼到了陡峭的岩石边。巴克受到三只爱斯基摩狗的围攻，一转眼头和肩部就被撕裂了。简直是一场大混战。比勒发出平时的叫声。戴夫和索莱克斯因遍体鳞伤而滴着血，却仍勇敢地并肩战斗。乔像恶魔一样猛咬着，有一次咬住了一只爱斯基摩狗的前腿，只听嘎吱一声咬碎了骨头。爱装病逃差的派克，也向这只受伤的狗扑去，牙齿猛一咬，一拉，就折断了它的脖子。巴克咬住一只口吐白

沫的敌人的喉头。

牙齿咬进颈动脉时鲜血迸溅。热热的血刺激了它，使它更加凶残。它又向另一只狗扑去，同时感到有牙齿咬进了自己喉头。原来是斯皮茨，它从一旁袭过来。

他们到达胡塔林的厚冰地段时，巴克已筋疲力尽，其余的狗也同样如此，但佩罗为弥补耽误的时间，不管早晚都在催它们赶路。第一天跑了三十五英里赶到大鲑，第二天又跑了三十五英里到了小鲑，第三天跑了四十英里，这时离"五指"就很近了。

巴克的脚不如爱斯基摩狗的那样坚硬结实。自从它最后一个祖先被穴居人或河边人驯化，经过许多代以来，脚已变得柔软了。一整天它都在一跛一跛地前行，而一旦扎下营地，它就像只死狗一样躺在地上。虽然饥饿，但也不想走过去吃自己那份鱼，弗朗索瓦只好给它拿过来。这个驾狗的人每晚吃过晚饭后，还要给巴克揉半小时脚，并牺牲掉他自己鹿皮鞋的鞋面给它做了四只鞋子。这就好受多了。一天早晨巴克甚至让面容干瘪的佩罗咧嘴笑起来，因为弗朗索瓦忘记了巴克的鹿皮鞋，而它就四脚朝天躺在地上，恳求地用脚在空中摇动着，不穿上鞋子一步也不走。后来它的脚变得结实了，才把磨破的鞋子丢掉。

现象有增无减。戴夫和索莱克斯一如既往，而其余狗的表现却越来越糟。事情不再顺利了，打架斗殴的事接连不断，麻烦随时都有，而巴克是其根源。它使弗朗索瓦没有一点空闲，这个驾狗的人老是担心两只狗会发生生死搏斗——他知道迟早会发生的。不止一个夜晚，传来冲突争斗的声音时，他从被窝里爬出来，生怕巴克和斯皮茨也参与在里面。

但它们没有发生生死搏斗，在一个阴郁的下午队伍进入了道森，而这场生死搏斗仍然潜伏着。这里有许许多多的人，数不清的狗，巴克发现它们都在干活，好像狗干活是命中注定了的事。一整天它们排成一支长队在大街上跑来跑去，深夜时铃声还响个不停，它们把建小屋用的原木拉到矿山去，凡是圣克拉拉山谷里马干的活儿它们都干。巴克不时遇到一些南方狗，不过大多数都是有着狼一般野性的爱斯基摩狗。每晚爱斯基摩狗都固定在九点、十二点、凌晨三点哼出一支夜曲，奇特而古怪，巴克也高兴地加入进去。

头上发出冷冷的北极光，星星在寒冷的高空闪烁，雪覆盖着大地，使之冻结麻木，因此爱斯基摩狗们的歌声也许是对生活的挑战，只是调子低沉，带着一些长长的呜咽，更多的是对生活的恳求，强烈表现了生存的痛苦。这是一支古老的歌，如狗类本身一样古老——世界年轻时的歌，那时的歌充满了忧伤。这歌里带着无数代狗的悲哀，其哀怨奇异地使巴克激动不安。它呻吟、啜泣时心里怀着生活的苦痛，而这也是过去祖先们的苦痛，是对于寒冷和黑暗的恐惧和迷惑——祖先们同样对此感到恐惧和迷惑。这支歌竟然能使它激动不安，表明它经历了苦难与愤怒的岁月后，生活已完成一个阶段，又回到嗥叫岁月里自然的生命之初了。

他们进入道森一周后，又开始沿兵营附近险峻的河岸向大康道出发，直奔迪亚和盐水。佩罗这次带的公文似乎比他带来的其他东西更加紧迫。再者，他为旅行感到自豪，打算创下这一年的旅行纪录。这方面有几件事对他有利。一周的休息已使狗队恢复精力，做好了充分准备。他们来时的路被后来的旅行者踩得坚实了。再说，兵营方又在两三个地点为人和狗准备了食物，所以这次是轻装上阵。

第一天它们到达"六十英里"处，而实际上只有五十英里路，第二天迅速跑向尤康，顺利地直奔佩利。这真是一帆风顺的行程，但在弗朗索瓦方面并非没有大的烦恼。巴克的反抗破坏了狗队的团结，一只狗在路上耀武扬威的情况已不复存在。反叛者们受到巴克的鼓动，犯下各种各样的小错误。斯皮茨不再是让狗们很害怕的头儿。以往的畏惧消失了，它们向斯皮茨的权威提出了挑战。一天晚上派克抢走斯皮茨的半条鱼，在巴克的保护下狼吞虎咽地吃下去。又一天晚上杜布和乔与斯皮茨作对，并没受到应有的惩罚。连温厚的比勒也不再那么温厚了，以前那种表示和解的哀鸣声也几乎听不到了。一走近斯皮茨巴克就会威胁地大叫，毛发竖立。事实上巴克的行为近于恃"众"凌弱，在斯皮茨的眼皮子下显得非常妄自尊大。

纪律的破坏也影响到狗相互之间的关系。它们比以前更爱打架、吵闹，直到整个营地闹得天翻地覆。只有戴夫和索莱克斯没变，虽然无休无止的争吵惹得它们烦躁。弗朗索瓦骂着古怪的粗话，气得在雪面上乱踩，扯自己头发。鞭子总在狗中间响来响去，但没什么用，只要他一转背它们就又吵闹起来。他用鞭子护着斯皮茨，而巴克则护着其余的狗。弗朗索瓦知道一切麻烦都是它引起的；巴克也明白他知道，但它很聪明，绝不会被当场捉住。它在挽具下忠实地干活，因为辛苦的劳动已成了它的一种乐趣；然而，悄悄在伙伴中突然引起一场争斗，让挽绳乱缠在一起，这才叫它更快乐呢。

一天晚上吃过晚饭后，在塔基纳河口处杜布发现了一只雪兔，它笨拙地扑去，结果没抓住。顿时全队的狗都大叫起来。不远处是西北警察局的一个营地，有五十只狗，全都是爱斯基摩狗，它们也加入到追逐之中。雪兔沿河床迅速跑去，转入一条小支流，沿其冰冻的河床始终跑得飞快。它轻盈地在冰面上跑着，而狗们却跑得很费力。巴克跑在一群狗的前面，足足有六十只之多，转过一道弯又一道弯，却无法赶上。它全力以赴，追上去，急切地发出呜呜的声音，苍白的月光下它的身躯一闪而过，向前猛冲。雪兔像只苍白寒冷的幽灵，也向前一闪而过。

人旧有的本能在一定时候会骚动起来，把他们从喧闹的城市赶到森林和旷野，用化学方法推动的铅弹去杀生，这是杀戮欲，杀生的快乐——这一切巴克都具有，只是要隐秘得多。它冲在一大群狗的前面，要捉住猎物，一块活生生的肉，立即把它咬死，让自己口、鼻、眼都溅上热乎乎的血。

有一种狂喜标志着生命的顶峰，这个顶峰生命是无法超越的。这便是生存的矛盾，这狂喜产生于人最有活力之时，产生于人全然忘记了自己还活着之时。这种狂喜，这种对于生存的忘却，产生在艺术家身上，将他们控制，再如火焰般迸发出来；产生在士兵身上，使他们在战场上成了战争狂，拒绝宽恕敌人；产生在巴克身上，使它领着狗群，发出往昔狼一般的大叫，拼命追赶着那个活的食物，那个月光下在前面猛逃的食物。它使自己生命机能深处发出声响，使生命机能的各个部分发出声响，那声响隐藏在它体内，又回到了时间老人的发源之初。汹涌澎湃的生活将它控制了，这生活如浪潮一样，巴克的每一块肌肉、关节都极度快活起来,这种快活产生于死亡之外的一切,它炽热、狂暴,以行动来表达其情感,欢欣鼓舞地在星星下面奔驰,在不能移动的死亡物体上面奔驰。

但斯皮茨即使处于最极端的情绪中时,也是冷静而精明的,它离开了狗群,抄一条狭窄小路跑去,这里的支流弯度很长。巴克不知道这一点,当它绕过弯时,那灰白的如幽灵般的雪兔仍在前面飞奔。这时它看见又一只更大的灰白色幽灵,从突出的河岸上纵身直接跳下来。原来是斯皮茨。这下兔子跑不开了,白牙从半空中咬进了它的背部,使它发出巨大的尖叫声,好像被打击的人发出的尖叫一般。声音一传出,生命的呼唤便从生命的顶点一下落到死神的魔掌之中,紧跟在巴克后面的一群狗全都发出了地狱里的欢叫。

巴克没有叫出来,但它也没克制自己,而是猛地向斯皮茨扑去,两只狗的肩头狠狠地撞在一起,因此巴克没能咬住斯皮茨的喉部。它们在粉末一般的雪里翻滚着。斯皮茨迅速站起来,几乎像没倒下去似的,它猛咬巴克的肩头,然后立即跃开。斯皮茨咬到两次,每次牙齿都咔嗒一响,就像钢爪的碰撞声。当它为了站得更稳而后退时,它的嘴唇张开,愤怒地咆哮着。

刹那间巴克明白了,生死攸关的时刻已到来。它和斯皮茨绕着圈子，发出吠叫，耳朵竖立，密切注意占取优势，巴克对此场面感到很熟悉。它似乎全都记起来了——那些白木树，那片土地，月光，激烈的战斗。鬼一般的平静笼罩着这白色、沉寂的世界。连一丝风也没有——没有任何动静，没有一片叶子在颤动，只见狗呼出的气慢慢上升，在寒冷的空气里徘徊。它们转眼之间就把雪兔除掉了，这些狗都是驯化不良的狼。现在它们走过来期待地围成一圈，一声不响，只是两眼闪烁，呼出的气慢慢往上飘。对巴克来说这一点并不新鲜或奇怪，这种场面它过去就见惯了。好像一直就存在着，是习以为常的事。

斯皮茨是一个有经验的斗士，它在各种各样的狗当中都立于不败之地，成为它们的头儿。它虽然满腔怒火，但绝不盲目愤怒。它渴望将敌人撕裂、杀死，但绝没忘记敌人也同样渴望将它撕裂、杀死。不准备好迎接敌人的猛攻它绝不猛攻，不先防备好敌人的袭击它绝不袭击。

巴克怎么也无法咬住这只大狗的脖子。不管它把牙齿咬向哪里，都会碰着斯皮茨的牙齿。牙与牙剧烈碰撞，嘴唇撞破，鲜血直流。这时它变得狂热起来，如旋风一般围着斯皮茨转。它一次次去袭击那鼓出的喉部，但每次斯皮茨都将它猛然撞开躲掉了。然后巴克又开始攻击，好像是去咬喉部，但突然掉头从侧面转个身，用肩头向斯皮茨的肩头撞去，想把它撞翻在地。可每次都是巴克的肩被咬破，斯皮茨却轻快地跳开了。

斯皮茨安然无恙，而巴克却鲜血直流，气喘吁吁。搏斗越来越残酷。那圈一声不响、狼一般的狗都在等着。巴克呼吸急促，斯皮茨趁机发起攻击，不让它站稳脚跟。有一次巴克倒下去，围着的狗全都站了起来，但它几乎是刚贴地面就站了起来，于是一圈狗又蹲下去等着。

巴克有一个特性——富于想象，并因此超凡出众。它靠本能搏斗，但也靠智慧搏斗。它冲过去，好像又要玩撞肩头这个先前的把戏，但到最后一瞬间突然扑向下面，咬住了斯皮茨的左前腿。只听咔嚓一声骨头被咬断了，斯皮茨三只脚站着和它面面相对。巴克三次想把它撞翻，又玩起刚才的把戏咬断了它的右前腿。尽管十分疼痛，不知所措，但斯皮茨仍疯狂地支撑着。它看见狗们一声不响地围成一大圈，眼露凶光，只只伸出舌头，呼出的银色气息飘向空中，狗们向它围逼过来——正如它以前见到狗们向被打败的对手围逼过去一样。只是这次它自己成了失败者。

它毫无希望了。巴克是一点也不留情的。怜悯应该用在温和的地方。它玩弄花招，准备发起最后的攻击。狗们越围越近，直到巴克感觉到身后传来它们的气息。越过斯皮茨及左右两边巴克都能看见这些爱斯基摩狗，它们半蹲着身子准备扑过来，眼睛直盯住斯皮茨。一切似乎暂停了。每只动物如变成石头一般丝毫不动。只有斯皮茨颤抖着，毛发竖立，摇晃着走来走去，威胁地发出可怕的嗥叫，好像要把降临的死神吓跑似的，然后巴克又扑来扑去，一次扑过去时肩头终于撞着了斯皮茨的肩头。当斯皮茨从视野里消失的时候，那黑色的圈子在月光照耀下的皑皑雪地上已变成了一个黑点。巴克站在那儿看着，成了胜利的斗士，是支配一切的兽性使它杀死了敌人，并为此感到快乐。

谁 是 老 大

"嗯？哦（我）说啥？哦（我）说拿（那）只巴克是个大魔鬼，没错。"次日早晨弗朗索瓦发现斯皮茨不见了，巴克又遍体伤痕，因此这样说道。他把巴克拉到火堆旁，在火光下指点着一道道伤痕。

"那只斯皮茨打得真厉害。"佩罗说，他查看着处处裂口和伤痕。

"巴克打得厉害得要死。"弗朗索瓦回答，"折（这）下我们好过啦。没有了斯皮茨当然什么麻烦也没有了。"

佩罗收拾好营地的装备放上雪橇，驾狗的弗朗索瓦着手给狗们套上挽具。巴克跑到斯皮茨当领头狗时占的地方，可弗朗索瓦没注意到它，把索莱克斯带到了这个狗们垂涎的位置。在他看来，索莱克斯是余下的狗中最好的领头狗，巴克愤怒地向索莱克斯扑去，把它挤在一边，自己站到了它的位置上。

"嗯？嗯？"弗朗索瓦叫起来，欢快地拍着大腿，"看看拿（那）巴克。它把拿（那）只斯皮茨杀了，想夺权了。"

"走开，杂种！"他叫道，但巴克一动不动。

他抓住巴克的颈背，把它拖到一边，让索莱克斯站过去，尽管巴克威胁地叫着。索莱克斯这只老狗不喜欢这样，明显表示出怕巴克。弗朗索瓦很执拗，但他一转背巴克就把索莱克斯挤开，而后者本来并非不乐意走开的。

弗朗索瓦发怒了："劳（老）天爷，看我修（收）拾你！"他叫喊道，提着一根大棒走回来了。

巴克记起了那个穿红衫的男人，因此慢慢退开了，当索莱克斯再次被拉到那个位置上时它也没试图去攻击。但它在大棒够不到的地方绕着圈子，发出愤恨的吠叫。它一边靠近一边警惕大棒，以便弗朗索瓦打过来时能躲开，它对于棍棒的事已非常了解了。

这个驾狗者又去做他的事，待准备好将巴克安放在戴夫前面原来的位置时，便唤它。巴克后退两三步。弗朗索瓦走上前去，它又往后退。这样几次之后，弗朗索瓦丢下大棒，以为巴克怕挨打。但巴克仍公开反抗。它并非想躲开挨打，而是想在狗中称王。这是它的权力，是它赢来的权力，不得到它，它是不会满足的。

佩罗也来插手此事。他们把巴克撵了大半个小时，向它挥舞棍棒，而它极力躲着。他们诅咒它，诅咒它的父母、祖先们，诅咒它今后所有的子孙们，诅咒它身上的每一根毛发和血管里的每一滴血；而它报以吠叫，不让他们碰着。它并不企图逃跑，只是绕着营地跑来跑去，明白表示出只要满足自己的欲望，它就会走过来做一只好狗的。

弗朗索瓦坐下去搔着头。佩罗看看表骂起来。时间飞快地过去，一小时前他们就该上路的。弗朗索瓦又搔搔头，摇了几下，不安地对信使咧嘴而笑，信使耸耸肩头表示他被打败了。然后弗朗索瓦走到索莱克斯站着的地方，唤巴克过去。巴克发出狗的那种笑一般的声音，但还是保持着距离。弗朗索瓦解开索莱克斯的挽绳，让它回到原来的位置。狗被一只接一只套在了雪橇上，准备上路。只在最前面才有巴克的位置。弗朗索瓦又叫一声，它又发出那样的声音，站在一边。

"丢下拿（那）根棍。"佩罗指挥着。

弗朗索瓦照办了，巴克这才小跑过去，仿佛胜利了，大摇大摆的，跑到队伍前面的位置。挽绳系在了它身上，雪橇出发了，两个男人都滑着雪橇，他们冲上了河道。

虽然驾狗者先前对巴克的评价很高，把它称为"魔鬼"，但时间不长他已发现自己低估巴克了。巴克往前一跃，便承担起领队的责任，凡需要做出判断的地方，或需要思维敏捷、行动迅速的地方，它都显示出了甚至超过斯皮茨的才能——弗朗索瓦还从未见过可与斯皮茨匹敌的狗呢。

巴克超凡出众的地方还在于它能向伙伴们发出指令，并使之照办。戴夫和索莱克斯才不在乎换了头儿，这一点也不关它们的事。它们的责任就是在挽具下干苦活，卖大力气。只要这一点没受影响，它们才不关心发生了什么事呢。温厚的比勒也可以领队的，只要它能维持好秩序，这都不关它们的事情。而其余的狗在斯皮茨做头儿的最后几天里越来越不守规矩，现在巴克开始规范它们的行为，它们不禁大吃一惊。

派克在巴克后面，从来不给胸前的带子多使一点点力，干活懒散，很快一次次受到巴克的撞击，因此一天不到，它已使出了有生以来最多的力气。第一晚在营地里，乖戾的乔受到了狠狠的惩罚——这样的事斯皮茨从未做成过。巴克仅仅凭着自己的身躯就把它制服了，打得它不再咬抓并呜呜请求宽恕。

狗队的整个风气立即形成。先前团结合作的局面恢复过来，狗在挽具下再次步调一致地飞奔向前。到林克湍滩时增加了两只本土的爱斯基摩狗，叫"蒂克"和"库纳"；巴克只几下就把它们制服了，令弗朗索瓦吃惊。

"穷（从）没见过巴克拿（那）样的狗！"他叫道，"不，穷（从）没有！它要值一先（千）美元，老天爷！嗯？你看呢，佩罗？"

佩罗点点头。他们现在已创造了纪录，一天比一天快。道路被踩得很坚实，非常好走，没有新下的雪，不用与之搏斗。天气也不太冷，温度下降到零下五十摄氏度，整个旅程中再也没下降了。两个男人轮换着滑雪橇，而狗们则一直奔跑很少停息一下。

这是一次创纪录的旅行，十四天以来他们平均每天赶四十英里路。三天时间里佩罗和弗朗索瓦昂首挺胸地来回走在斯卡格镇的大街上，被很多人请去喝酒，而这支狗队也每时每刻成了引人注目的焦点，被一大群崇拜的驯狗者和赶雪橇的人团团围住。然后有三四个西部来的坏家伙想在这个镇上称王称霸，结果被打得像胡椒盒一样遍体窟窿。于是公众的兴趣才转到了其他对象上。然后来了官方命令。弗朗索瓦把巴克叫到身边，搂着它，竟哭泣起来。这是巴克最后一次见到弗朗索瓦和佩罗，像其他人一样，他们随后永远地从它生活中消失了。

一个苏格兰混血儿接管了巴克和它的伙伴们，它们和另外十多支狗队一起，开始沿着单调的道路返回道森。现在旅行已不再轻松愉快，也不再创纪录，而是每天干着艰辛的活，拖着沉重的车。这是一辆邮车，把消息从外面的世界带给在极地地区淘金的人。

巴克不喜欢这活儿，但仍坚持把工作干得很好，像戴夫和索莱克斯一样为此自豪。它看见自己的伙伴们不管自不自豪，都同样各尽其职。这种生活单调乏味，像机器一样有规律地运转。一天和另一天没什么两样。每天清晨一定时间厨子们先起床生火做饭，然后大家吃早餐。之后，一些人撤营，另一些人给狗套挽具，在夜色消失预示黎明到来之前约一小时，他们便上路了。晚上他们又扎营，有的搭帐篷，有的砍柴和铺床用的松树枝，还有的去弄水或冰做饭。对狗们来说这才是一天中最惬意的时间，吃完鱼后它们可以去散一小时步。这些狗一共有一百多只，它们当中也有一些凶猛的斗士，不过巴克和最凶猛的进行了三次较量后便把它们打败，所以只要巴克毛发竖立，露出牙来，它们都避而躲之。

也许巴克最喜欢的是趴在火旁，后腿蜷缩在身下，前腿伸直，头抬起，眼睛迷迷糊糊地对着火焰一眨一眨的。有时它想起阳光普照的圣克拉拉山谷里米勒大法官的大房子，想起那个水泥游泳池，墨西哥秃头狗伊莎贝尔和日本哈巴狗托茨，但常常想起的是那个穿红衣衫的男人，柯利之死，与斯皮茨的大搏斗，以及它吃过的或将要吃的好东西。它并不想家，那片阳光充足的地方朦胧而遥远。这些记忆对它没有影响力。颇有影响力的是它对于自己遗传特征的回忆，这些回忆使它以前从未见过的东西变得似曾相识，还有那些本能（它们不过是巴克对祖先相应习惯的回忆），本来早已消失，但近来又在它身上苏醒复活了。

有时它蜷缩在那儿，对着火焰迷迷糊糊地眨着眼，好像觉得那是另一堆火的火焰。当蜷缩在另一堆火的旁边时，它看见了另一个与眼前这个混血儿厨子不同的男人。这另一个人的腿更短，手臂更长，肌肉多筋多节，而不圆润丰满。他的头发很长，缠结在一起，头从眼睛处往后倾斜。他发出奇怪的声音，好像很怕黑暗，一只手悬垂在膝和脚之间，紧握一根顶端镶着一颗大钻石的手杖。他几乎赤身裸体，背上皮肤有些粗糙，被火烤焦过，身上有许多毛。有些地方——胸部、肩头、胳膊和大腿外侧，毛几乎缠结成浓密的兽毛。他身子站得不直，躯干从臀部往前倾斜，两腿弯曲。他身上有一种奇怪的弹性，几乎像猫一样，他非常警觉，正如一个始终害怕可见和不可见的东西的人那样。

有时这个毛茸茸的男人蹲在火旁，头放在两腿之间要睡着了。这时他就把肘部放在膝上，双手抱在头顶，好像用毛茸茸的手臂遮雨一般。在火的那边，在周围的黑暗里，巴克看见许许多多发光的炭火，成双成对，总是成双成对的，它知道是凶猛的巨兽的眼睛。它听见它们穿过丛林时身子发出的碰撞声，夜晚发出的各种嘈杂声。它在尤康河岸边想着，眼睛懒洋洋地对着火一眨一眨的，这另一个世界的声音和情景使它背上、肩头和颈部的毛发竖立，直到它呜呜地轻轻发出压抑的声音，或者低声吠叫，这时混血儿厨子就对它喊道："嗨，你这巴克，起来！"于是另一个世界消失，现实的世界回到它眼前。它便站起身，打哈欠，伸伸身子，仿佛一直在睡一般。

这是一次艰巨的旅行，后面拖着邮车，沉重的劳动把它们累得筋疲力尽。到达道森时它们体重减轻了，体力变差了，至少应该休息十周。但两天后它们就从营房沿尤康河岸而下，把信件拖到外面去。狗疲乏了，驾狗的人在发牢骚，更糟糕的是天下起雪来。这意味着道路不坚实，滑雪橇受到的摩擦力更大，狗拖得也更费力。不过驾狗者一直是公平合理的，尽量照顾好这群狗。

每晚他们都先照料好狗。狗比他们先吃东西，不把自己驾的狗先安顿好他们是不去找睡衣的。但它们的体力仍在下降。

自冬天以来它们已跑了一千八百英里，拖着雪橇跑完了那整个令人厌烦的距离。即便最坚实的身体，这一千八百英里也会使之受到损害的。但巴克顶过来了，让它的伙伴们坚守岗位，遵守纪律，尽管它自己也很劳累。比勒每晚睡着时都经常叫起来，发出呜呜的声音。乔比任何时候脾气都更坏，索莱克斯简直不可接近，不管是瞎眼的一边还是眼没瞎的一边。

最痛苦的要算戴夫了。它身上出了什么毛病，更加郁郁不乐、烦躁不安了，一扎下营它就去弄窝，赶它的人还得把吃的给它拿去。一旦取下挽具趴下，它就再也不站起来，直到次日早晨套挽具时。有时雪橇突然停下时把它猛然一拉，或者它用力拉动雪橇，它都会发出痛苦的叫声。驾狗者检查它，什么也没发现。所有驾狗者对此都关心起来，吃饭时谈论着，直到睡觉前抽完最后一支雪茄。一天晚上，他们商量了一下，把它从窝里带到火堆旁，又压又拍，它叫了许多次。它体内出了什么毛病，可他们找不到受伤的骨头，弄不明白。

到达卡西亚巴时它已非常虚弱，不断在挽绳里跌倒。苏格兰混血儿让队伍暂停一下，让它出来，让旁边的索莱克斯顶替它。他是想让戴夫休息，让它自由地跟在雪橇后面跑。可尽管它病了，仍怨恨被带出队列，身上的挽绳解开时它又是啃咬又是大叫，看见索莱克斯站进它服务了如此久的位置，它伤心地发出呜呜声。因为那种自豪是属于它的，即使病得要死它也无法忍受被另一只狗取代。

雪橇又出发了，戴夫沿着被踏实的道路跟跄地走着，用牙去攻击索莱克斯，用身子去撞它，极力想把它撞到另一边柔软的雪地上去，自己跳进挽绳里站到雪橇中间。戴夫一直悲伤痛苦地发出呜咽的声音。混血儿努力想用鞭子把它赶走，但尽管抽得刺痛它也毫不在意，而他又不想打得更重一些。戴夫不愿静静跑在雪橇后面，虽然那样轻松些，它还是继续沿着雪地跟跄向前，虽然这儿的路最难走，还是向前，直到它浑身乏力。然后它倒在地上，发出悲哀的大叫，而长长的雪橇队则擦身而过，翻起积雪来。

它用最后剩下的一点力气努力一摇一晃地跟在后面，直至雪橇队又停下，这时它跟跄着跑过一辆辆雪橇来到自己的雪橇旁，站在索莱克斯身边。驾驶的人走开了片刻，去向后面的人借烟火。他回来时又赶着狗走，狗们摇摆着上了路，感到拖力大大减小，就不安地转动头，然后惊奇地停下了。驾狗的人也吃了一惊，因为雪橇不动了。原来戴夫已把索莱克斯两边的挽绳咬断，正站在雪橇前自己本来的位置上。

它用眼睛恳求着要留在那儿。驾狗者不知所措。他的朋友们议论起如果不让狗干置它于死命的活，它会怎样心碎，并记起了他们知道的一些例子：有的狗由于太老或受了伤，不能再干苦活，所以被弄出挽具，而它们却因此死掉。由于戴夫无论如何也要死了，他们认为让它安心而满足地死在挽具里也是一种仁慈。于是它又被套上挽具，像以往一样自豪地拉起雪橇，尽管不止一次体内的伤痛使它不情愿地叫起来。有几次它跌倒了，被拖在挽具里，有一次雪橇还撞着了它，从此以后它只好用三条腿一跛一跛地向前跑。

但它一直坚持走到营地，驾狗者在火旁为它铺了个窝。次日早晨它虚弱得无法旅行，套挽具时还极力爬到驾狗者那里去。它战战兢兢地站起来，踉跄走几步又倒下去。然后它慢慢朝挽具蠕动过去，那些挽具正套在伙伴们身上。它把前腿伸出去拖着身子往前移，它已筋疲力尽，在雪地里奄奄一息，望着伙伴们——这是它们最后一次看见它，但它们听得见它悲哀的叫声。

雪橇队暂停下来。苏格兰混血儿又慢慢回到他们刚离开的营地。男人们不再说话。左轮手枪响了。苏格兰混血儿急匆匆返回。鞭子啪的一声，铃铛叮叮当当地响起来，雪橇沿路奔向前去，但巴克知道，每只狗都知道，在那个营地发生了什么事。

衣服袋放到雪橇前面时，她说应该放到后面，他们又放到后面，并把其他几捆东西放上去，可她发现有几样东西忘记了，而这些东西只能放在衣服袋里，于是他们不得不拆开。

狗们往前拉紧带子，但只用了一会儿力就松下来了。它们拉不动雪橇。

"懒惰的畜生，让我给它们点厉害看看。"哈尔叫道，准备用鞭子抽狗。

但梅塞德斯干涉起来，喊道："喂，哈尔，不准抽。"并抓住鞭子从他手中夺过去，"这些可怜的乖乖！你必须答应从现在起路上不要对它们太狠，不然我一步也不走了。"

"你对狗还真了解呀。"她弟弟嘲笑道，"我希望你别管我的事。它们都是些懒家伙，我告诉你，你得用鞭子抽，它们才能帮你做点事。它们就是这样的德性，你随便去问问别人。问他们当中的哪个人都行。"

梅塞德斯恳求地望着他们，看见令人痛苦的事她美丽的脸上表现出极大反感。

"它们一身软得如水，假如你想知道的话，"一个男人回答，"身上的力气全用光啦，就是这么回事，它们需要休息一下。"

"休息个屁！"嘴上无毛的哈尔说。听见这骂人的话，梅塞德斯厌恶而遗憾地叫道:"唉!"

可她是个以家族为重的人,立即冲过去护着弟弟:"别管他。"她直截了当地说,"你是在赶我们的狗,你认为怎样做最好就怎样做。"

哈尔的鞭子抽到了狗身上。它们绷紧胸前的带子,脚陷入压实的雪地里,身子俯得很低,使出了全身力气。可雪橇像锚一样一动不动,拉了两次它们便停下来,气喘吁吁。鞭子凶狠地呼呼直抽,这时梅塞德斯再次干涉。她在巴克面前跪下身子,两眼含泪,双手抱住它的脖子。

"你这个可怜的乖乖,"她同情地哭着,"为什么不用力拉呢?那样你就不会挨打了。"巴克不喜欢她,但感到太悲惨了,以至无法抗拒她,把这也视为一天中悲惨工作的一部分。

一个旁观者一直咬紧牙以免说出激烈的言辞,这时忍不住大声说道:

"你们怎么样我才一点也不关心呢,但看在狗的份上我只想告诉你们,把雪橇上的东西解下一些会让它们好受得多。滑板很快会冻着。把重量压在方向杆两边,使力量分散。"

于是他们第三次收拾行装,这次哈尔采纳了建议,把已冻在雪地上的滑板解开了。过于沉重且庞大笨拙的雪橇向前驶次日早晨巴克领着长长的狗队穿过街道，毫无生气，无论是它还是同伴们都无精打采的。它们疲乏得要死。它曾四次往返于咸水和道森之间，现在已筋疲力尽，知道要再一次面临同样的旅程，感到很痛苦。它没有心思干活，其他任何一只狗都无心思干活。"外路狗"们胆怯、害怕，对主人一点也不信任。

巴克模模糊糊地觉得这两个男人和那个女人是根本靠不住的。他们什么事都不懂，随着一天天过去显然也不会学。无论做什么事都懒懒散散的，毫无头绪或准则。扎一个马马虎虎的营地也要用半个晚上，撤营地、装雪橇又用去半个上午，而且雪橇装得很糟糕，一天余下的时间又得多次停下来重新整理、收拾。有时它们十英里也跑不了，有时根本无法启程。他们计算所给的狗食起码能支撑狗跑多远，但没有一天狗们跑的路超过了计划的一半。

巴克一直领着狗队踉跄向前，如在噩梦中一般。它能拉时就拉，不能拉时就倒在地上，直到鞭子或棍棒把它打得再次站起来。它那美丽的皮毛已不再直立、光滑，而是耷拉着，被拖得又脏又湿，或者沾上干血——被哈尔的棍棒打伤的。肌肉消瘦成多节的筋，肉趾没有了，每一根肋条和骨头都从松垂的皮下显露出来，皮下无肉而显得皱巴巴的。这真令人心碎，只是巴克的心是不会碎的。那个穿红衣衫的人已证明了这点。

巴克是这样，伙伴们也是这样。它们是些行走的骷髅，连巴克在内只剩下七只。在极度悲哀之中，它们对于鞭子或棍棒打来的疼痛已麻木了。那疼痛是隐约模糊的，正如它们看见的东西是隐约模糊的一样。它们的生命只剩下不到一半，或四分之一。它们只不过是许多袋骨头而已，生命的火花在里面微弱地闪烁。一旦停下来，它们就像一只只死狗一样倒在挽具里，火花暗淡下去，仿佛要熄灭。当棍棒或鞭子打到它们身上，火花又微微亮起，于是它们摇摇晃晃地站起来跟跄向前。

终于有一天温厚的比勒倒下去爬不起来了。哈尔的左轮枪已换掉，因此他拿起斧子往倒在挽具里的比勒头上砍去，然后把尸体拉出挽具拖到一边。巴克看见了，伙伴们也看见了，知道这种事离它们已不远了。次日库纳死掉了，现在只剩下五只狗：乔虚弱得不可能还有什么恶意；派克一瘸一拐的，头脑已不很清醒，连装病逃差的事都不知道了；独眼索莱克斯仍忠于职守地拉着，只是哀叹自己拉车的力气所剩无几；蒂克这个冬季从没跑过这么远的路，因为自己比别的狗更有精神所以挨的打更多；巴克仍领着狗队，但已不再管纪律，或力求管纪律，一半时间虚弱得两眼昏花，靠着隐隐的道路和四脚朦胧的感觉前行。

此时已是美丽的春天，可无论是狗还是人都没意识到。每天太阳升得更早落得更晚，清晨三点天就亮了，直至晚上九点夜幕才降临。整整一天阳光普照。冬天鬼一般的沉寂已消失，万物复苏，发出春天的低语。这低语来自整个大地，充满了生之欢乐。这低语来自再次复生、蠕动的众多生命，这些生命在漫长的严冬里曾仿佛死去，一动不动。松树产生了活力。柳树和白杨长出嫩芽。灌木和藤蔓穿上绿色的新装。蟋蟀在夜里唱歌，白天各种爬行动物都赶到阳光下。石鸡和啄木鸟在树林里欢叫、奔忙。松鼠叽叽喳喳，鸟儿欢唱。头上传来自南方飞来的野雁的叫声，它们排列成一队队精巧的楔形穿行空中。

各处山坡上流水潺潺，那是泉水奏出的优美音乐。万物解冻软化，迅速活跃起来。尤康河正努力挣脱厚冰的压迫，从下面将冰融化，而太阳从上面将冰融化。一些地方有了小孔，裂缝出现并越来越大，薄冰整块整块地滑入河中。复苏的生命绽开着，突破着，跳动着，阳光灿烂，和风低语。然而身居这样的世界，这两男一女和狗们却像困境中的徒步旅行者一般踉跄着走向死神。

狗一只只跌倒，梅塞德斯哭泣着仍坐在雪橇上，哈尔无关痛痒地骂着，查理斯忧愁地流泪，他们就这样摇摇晃晃地进入了白河口约翰·桑顿的营地。刚一停下狗就倒在地上，好像被突然打死似的。梅塞德斯擦干眼泪看着约翰·桑顿。查理斯在一根原木上坐下休息，由于身子非常僵硬，他坐下去时很慢很慢，并且相当吃力。约翰·桑顿用一根桦木做了一个斧柄，现在快要削完了。他一边削一边听他们唠叨，做些三言两语的回答，问他时也只给点简短的建议。他了解这帮人，提忠告时就知道他们是不会照办的。

"上面那些人对我们说脚下的冰会裂开的，我们最好是暂时别走了。"哈尔听到约翰·桑顿警告再不要到易破裂的冰上去碰运气，这样回答道，"他们说我们到不了白河，可我们到了。"最后一句话里含有一种嘲笑的、胜利的口气。

"他们的话不假，"约翰·桑顿回答，"脚下的冰随时都可能裂开。只有傻瓜，瞎撞碰到运气的傻瓜才过得去。我是说实话，哪怕把阿拉斯加所有的金子都给我，我也不愿拿自己的身体去那冰上冒险。"

"那是因为你不是一个傻瓜，我想。"哈尔说，"无论如何我们都是要去道森的。"他解开鞭子，"起来，巴克！嗨！站起来！走！"

约翰·桑顿继续削他的斧柄。他知道，去干涉一个傻瓜的愚蠢行为真是闲着没事干，世上多两三个或少两三个傻瓜是无关大局的。

狗听到命令并没站起来，它们早已是不挨打就不动了。鞭子飞快地抽来抽去，无情地履行使命。约翰·桑顿嘴唇紧闭。索莱克斯先爬起来，接着是蒂克，然后是乔，它痛苦地叫着。派克费了一番力，有两次刚站起一半就倒下去，第三次才站起来。巴克一动不动，仍静静趴在原地。鞭子一次次抽在它身上，但它既不哀鸣也不挣扎。有几次约翰·桑顿动了一下，像要说话，但改变了主意。他眼睛湿润了，鞭子还在抽着，他起身犹豫不决地走来走去。

这是巴克第一次没站起来，这本身就足以使哈尔勃然大怒。他放开鞭子，换上了常用的棍棒，雨点般向巴克打去，可它仍然不动，它像同伴们一样简直站不起来，但和它们不一样的是它已决心不起来了。它模模糊糊地感到死亡将至。当它来到河岸时这种感觉就一直很强烈，并且从未消失。它一整天都感到脚下的薄冰很容易破裂，好像灾难已迫在眉睫，就在前面的冰上，而主人还在一个劲地赶它。它一动不动，痛苦万分，奄奄一息。棍棒继续落到它身上，体内的生命火花微弱地闪烁，暗下去，几乎熄灭。它出奇地失去了知觉，朦朦胧胧地感到自己在挨打。连最后一点疼痛的感觉都没有了。它什么知觉也不再有了，尽管还能微微听到棍棒打在身上的声音，但挨打的已不再是它的身体，仿佛是很遥远的东西。

这时突然传来一声口齿不清的叫喊，更像是一只动物的叫声，只见约翰·桑顿猛然向挥舞棍棒的男人扑去。哈尔被仰面推倒在地，好像被一棵倒下的树撞着了。梅塞德斯发出尖叫。查理斯愁眉苦脸地看着，擦干湿润的眼睛，但由于身子僵硬没站起来。

约翰·桑顿站在巴克身旁，极力控制着自己，他气得浑身发抖，说不出话来。

"你再打这只狗看我宰了你。"他声音沙哑地说。

"这是我的狗。"哈尔回答，一边走回来一边擦去嘴上的血，"让开，不然我收拾你，我要去道森。"

约翰·桑顿站在他和巴克之间，毫无让开的意思。哈尔抽出了长猎刀。梅塞德斯尖叫着，大喊着。约翰·桑顿用斧柄敲了一下哈尔的手指关节，将刀打到地上，然后他俯身拾起刀来，两下就砍断了巴克的挽绳。

哈尔已没有了一点战斗力。此外，他双手或者不如说双臂都被姐姐抱着，而巴克也生命垂危，再也不能拉雪橇了。一会儿后他们便离开这河岸，沿河而去。巴克听见人和狗离开的声音，抬起头来看，派克领头，索莱克斯做辕狗，中间是乔和蒂克。它们一瘸一跛，摇摇晃晃的。梅塞德斯坐在沉重的雪橇上。哈尔操纵方向杆，查理斯跌跌撞撞地跟在后面。

巴克看着他们，约翰·桑顿跪在它旁边用粗糙、温和的手寻找受伤的骨头。他只找到许多处伤痕，发现狗极度饥饿。这时雪橇已走出了四分之一英里远。他和狗看着雪橇在冰上慢慢爬行，突然雪橇的后端陷下去，好像掉进了水里，哈尔紧抓住的方向杆也猛然翘到空中。梅塞德斯的尖叫声传进他和狗的耳中。他们还看见查理斯转身往后跑了一步，然后一大块冰陷下去，人和狗全部消失了。

约翰·桑顿和巴克面面相觑。

"你这个可怜的家伙。"约翰·桑顿说，这时巴克舔着他的手。

为了一个男人的爱

在去年的十二月里约翰·桑顿曾冻伤双脚，同伴们极力让他好受一些，留下他恢复身体，而他们自己逆流而上，去锯木头造筏子，以便赶去道森。他救巴克时脚仍有一点点跛，但随着天气不断暖和，他一点也不跛了。瞧，巴克在这一个个漫长的春日里趴在河岸，观察着潺潺的流水，悠闲地听着鸟儿的歌声和大自然的其他各种声响，体力慢慢恢复过来。

在跋涉了三千英里之后休息一下是很有必要的，必须承认巴克伤口治愈后变得懒散起来，肌肉长出来了，骨头上又生出了肉。就此而言，他们都是懒散悠闲的——巴克、约翰·桑顿、斯基特和尼格——都在等着木排来将他们送到道森去。斯基特是一只爱尔兰小塞特猎狗，先来和巴克交朋友，而巴克由于已奄奄一息，无法对它初次的友好行为表示什么。斯基特具有某些狗所具有的那种医生的特性。正如一只母猫给它的小猫舔干净身子一样，斯基特也替巴克舔净伤口。每天早晨巴克吃完早饭后，它都按时来完成自定的任务，直到巴克主动来找它帮忙，正如找约翰·桑顿帮忙一样多。尼格也同样友好，虽然感情没那么外露。它是一只大黑狗，大猎犬和猎鹿犬血统各占一半，眼睛带着笑意，品性优良无比。

巴克吃惊的是这两只狗对它毫无嫉妒的表现。它们似乎都具有约翰·桑顿的那种仁慈善良、宽宏大量的性格。随着巴克越来越强壮，它们逗它做各种各样滑稽的游戏，连约翰·桑顿自己也忍不住参加进去。这样，巴克迅速恢复了健康，获得新生。它第一次得到了爱，纯真热烈的爱。这种爱，它在阳光普照的圣克拉拉山谷米勒大法官的那片开阔高地上也从没得到过。和大法官的儿子们去打猎、跋涉，也只是一个劳动的伙伴；和大法官的孙子们在一起也只是一个自负的保镖；和大法官本人在一起也只是一个高贵荣耀的朋友。但这种强烈炽热的爱，怀着敬慕的爱，疯狂的爱，只有约翰·桑顿才带给了它。

这个人救了它的命，这就很不寻常了。此外，他还是一个理想的主人。其他人设法让狗过得快活，那是出于一种责任感和为了自己的利益；约翰·桑顿使它们快活，就好像它们是他的孩子一般，因为他情不自禁地会这样做。他关心的还不只这些。他从不忘记和它们亲切地打招呼或说句欢快的话，坐下来和它们长谈一番（这叫作"吹牛"），使大家都感到很高兴。他喜欢猛然用双手抱住巴克的头，把自己的头放到它头上，再把它的头前后摇来摇去，骂些难听的话，可巴克觉得话里充满了对它的爱。巴克被主人这样紧紧抱着，听他叽里咕噜地骂着，真是感到高兴。他每摇一下它的头，它便狂喜得心都要跳出来了一样。约翰·桑顿放开之后它一下站起来，嘴唇带着笑意，目光意味深长，喉咙颤动着说不出话，这样一直待在那里，此时约翰·桑顿就会虔敬地大声说："天哪，你差一点就能说话了！"

巴克有一种表达爱的习惯，几近于伤害。它常常咬住约翰·桑顿的手，并且咬得很厉害，过后一些时间还留下牙齿印。但正如巴克明白那些骂它的话是在表示爱，约翰·桑顿也明白它这样假咬也是在表示爱。

但多数时候，巴克是以敬慕的方式来表达爱的。虽然当约翰·桑顿摸它或和它说话时它高兴得发狂，但自己并不去寻求这些方式。它不像斯基特，爱用鼻子去拱约翰·桑顿的手，直至得到他的爱抚；也不像尼格，总是大摇大摆走上去，把大脑袋靠在约翰·桑顿的膝上——它喜欢隔着一定距离敬慕地看着他。它会一小时一小时地趴在约翰·桑顿脚边，热切而机灵，仰望他的脸，凝视着，对每个转瞬即逝的表情，对每个动作或每种特征的变化，它都显得满怀兴趣的样子。偶尔它也会趴在更远一点的地方，在他的两边或后面，观察他的轮廓和身子。他们经常生活在这种感情的交流中，巴克的注视会使约翰·桑顿转过头来，他也注视着它，没有言语，像巴克一样感情从眼中流露出来。

巴克自从被救后的很长一段时间以来，总喜欢和约翰·桑顿形影不离。从他离开帐篷到返回帐篷，巴克总紧紧跟在后面。自它进入北国以来，主人一个接一个换了不少，因此担心不会有一个永久的主人。它怕约翰·桑顿会从自己的生活中消失，正如佩罗和弗朗索瓦以及那个苏格兰混血儿从它生活中消失一样。即使在晚上，在梦中，这种恐惧都萦绕着它。这时它便不再睡觉，而是穿过寒冷的夜晚悄悄来到主人帐篷的门帘边，站在那儿听他呼吸的声音。

尽管它对约翰·桑顿怀着深厚的爱——这似乎证明了文明对它的轻微影响，但北方在它身上激发起的原始气质仍然存在

喜欢他们。他们像约翰·桑顿一样身材魁梧，置身于世俗之中，想得简单看得明白。在将木排驶入道森锯木厂附近的大涡流前，他们明白了巴克和它的习惯，因此不硬性对它亲热，像对斯基特和尼格那样。

然而它对约翰·桑顿的爱似乎与日俱增。在夏日的旅行里，人们当中只有约翰·桑顿才能把一包东西放到巴克背上。只要约翰·桑顿下命令，巴克没有办不了的事。一天（他们已将木排卖掉并各自分得收益，离开道森向塔那那河而去），人和狗都坐在一个峭壁顶上，那峭壁笔直地插下去，耸立在赤裸裸的河床上。约翰·桑顿正坐在离边缘不远的地方，巴克在他肩旁。他突然产生一个念头，把汉斯和皮特的注意力吸引到他身上。看他如何实验。"跳，巴克！"他命令道，把手往前一挥，指着深渊那边。下一刻，他已经和巴克扭成一团在峭壁边缘挣扎了，汉斯和皮特连忙把他们拖回到了安全的地方。

"太离奇了！"他们先是瞠目结舌，事后皮特才说道。约翰·桑顿摇摇头："不，太美妙了，也很可怕，知道吗，我有时为此觉得担心。"

"有它在身旁，我可不想碰你。"皮特决然地说，朝巴克点一下头。

"好战鬼！"汉斯补充道，"哦（我）也不想碰你。"

鸟儿的色彩

那是在瑟克尔城①，这一年尚未结束时，人们便认识到了约翰·桑顿的担忧。一个叫伯顿的人，脾气很坏，心怀不良，和酒吧一个新手发生争吵，约翰·桑顿好心走上去干涉。巴克仍像往常一样趴在角落里，头放在爪子上，看着主人的一举一动。伯顿突然对约翰·桑顿大打出手，把他打得晕头转向，约翰·桑顿幸而抓住了酒吧里的扶手才没倒下去。

一旁观看的人听到某种声音，不是狂吠，而最好说成是某种咆哮，随即只见巴克腾空而起，向伯顿的喉部扑去。这人本能地用手一挡才没被咬死，但他被猛然仰面推倒在地板上，巴克压在上面。它本来咬着手臂，这时松开又去咬他的喉。这次他没能全部挡住，喉部被撕破了。围观的人向巴克扑去，把它赶开。可医生为伯顿止血时，它还在跑来跑去，发出凶猛的吠叫，企图冲进去，被许多敌对的棍棒强行赶走了。人们当场召开了一个"矿工会议"，判决这只狗有充分发怒咬人的理由，巴克被当场释放。它因此出了名，从那天起它的名声在阿拉斯加州每个营地无人不晓。

这年冬天在道森，巴克又立下了"丰功伟绩"，虽然也许没那么英勇，但使它的名声在阿拉斯加更响了。这个功绩尤其令

①在美国阿拉斯加州。

三个男人满意，因为他们正需要它所带来的一套装备，得以实现盼望已久的、去东部的旅行，当时那里还没有矿工。那是由埃尔多拉多酒吧里的一次谈话引起的，男人们都在吹嘘各自最喜爱的狗。巴克由于创下的纪录，成了众矢之的，约翰·桑顿被迫坚决地保护它。半小时后，一个人说他的狗能拉走五百磅重的雪橇，又一个人说他的狗能拉动六百磅，第三个人说他的狗能拉动七百磅。

"呸！呸！"约翰·桑顿说，"巴克能拉动一千磅。"

"能拉出去？走一百米远？"马修森问，他是一个"波纳扎大王"①，自夸自己的狗拉七百磅的那个。

"能拉出去，走一百米远。"约翰·桑顿冷静地说。

"唔，"马修森不慌不忙地说，好让所有的人都能听见，"我拿一千美元赌它拉不动。给。"说罢，他把一袋有大红肠那么大的沙金砰地放到餐柜上。

没有一个人说话。约翰·桑顿虚张声势，如果说是虚张声势的话，现在不得不接受挑战了。他感到一股热血冲上面颊，舌头欺骗了他。他并不知道巴克是否能拉动一千磅。恐怖的重量把他给吓住了。他深信巴克的力量之大，常认为它能拉

———————
①指在波纳扎淘金发大财的人。

动那么重，但从没像现在这样面对这种可能，还有十多个人的眼睛盯住他，他们都默不作声地等着。再说，他哪里有一千美元呀，汉斯和皮特也没有。

"我外面现在就有一辆雪橇，上面有二十袋五十磅重的面粉。"马修森继续毫不客气、直截了当地说，"所以你不用操心这一点。"

约翰·桑顿没回答。他不知说什么好，从一个面孔看向另一个面孔，像个心不在焉的人，正失去了思考能力，在极力理出一个头绪来。他瞥见一个过去的朋友杰姆·奥布赖恩的面孔，他成了一个"马斯图东大王"。这对他是个暗示，好像在激励他做自己甚至不曾梦见过的事。

"你能借我一千美元吗？"他几乎是耳语着问。

"没问题，"奥布赖恩回答，啪地把一大袋沙金放到马修森的旁边，"不过我不大相信，约翰，那只畜生能拉得动？"

埃尔多拉多所有的人都挤到街上看这场试验了。酒吧餐桌旁空无一人，商人和猎场看守人出来看赌博的结果，提出差额打赌①。几百个穿着皮衣、戴着手套的人，围住雪橇。马修森的雪橇上装了一千磅面粉，已停放在那里几个小时，在酷冷的

———————

① 比如若输就给对方三份，赢则只拿对方一份。

天气（零下六十摄氏度）下，滑板紧紧冻在了坚实的雪地上。人们提出二对一的差额打赌，说巴克拉不动雪橇。这时对于"启动"一词发生了争论。奥布赖恩认为只要巴克把滑板拉松，让它从死一般的停顿状态"启动"，就算约翰·桑顿赢了。马修森坚持说这个词包含把滑板从冻结的雪地里拉出去的意思。大多数看这种打赌的人都同意马修森的看法，因此打赌差额上升为三对一。

没有一个应战者。谁也不相信巴克会立下这等功绩。约翰·桑顿匆忙中就打起赌来，现在疑虑重重。他看看那雪橇，那铁一般的事实，拉它的十只狗在前面雪地里把身子蜷作一团——这艰巨的事仿佛更加不可能了。马修森兴高采烈的样子。

"三对一！"他宣布，"我愿意再给你加一千美元，桑顿，怎么样？"

约翰·桑顿脸上布满疑虑，但战斗精神被激发起来——这精神把打赌差额远远抛在身后，看不到不可能的事，除了战场上的呐喊外什么也听不到。他把汉斯和皮特叫过来。他们的口袋里没什么钱，三个人也才凑了两百美元。他们现在还没发大财，这点钱是全部的资本，然而他们毫不犹豫地放上去与马修森对赌。

那十只狗被解开了，巴克带着自己的挽具被套到雪橇上。它也受到感染兴奋起来，觉得在某种程度上，必须为约翰·桑顿干一件大事。一些人开始称赞它那超凡出众的外表。它的体质相当好，没有一点多余的肉，它有一百五十磅的体重就有一百五十磅的勇猛和气力。它的皮毛发出丝绸的光泽。脖子下和肩头上的毛本来很柔顺，现在半立着，似乎随时都会竖起来，仿佛充沛的精力使每一根毛都富有生机和活力。宽阔的胸膛和巨大的前腿完全与身体各部位成比例，皮下肌肉圆滚滚的，十分结实。人们摸着这些肌肉，声称坚硬如铁，于是打赌差额下降到二对一。

"天哪，先生！天哪，先生！"最近暴富的"王朝"中的一个成员，一个坐着头把交椅的贩狗大王结结巴巴地说，"我出八百美元买它，先生，在试验开始前，先生。就现在，八百美元。"

约翰·桑顿摇摇头，走到巴克旁边。

"你得离开它。"马修森反对道，"自由赌博，不要影响它。"

人群安静下来，只听见赌徒们在徒劳地提出二对一的差额。人人都承认巴克是一只很了不起的动物，但二十袋五十磅重的面粉在他们眼里简直是个庞然大物，所以他们不愿掏腰包打赌。

先生——一千二百美元，先生。"

约翰·桑顿站起身。他的眼睛湿润了，泪水坦然地流过面颊："先生，"他对贩狗大王说，"不行，先生。你见鬼去吧，先生。这是我能给予你的最好答复了，先生。"

巴克咬住约翰·桑顿的手。约翰·桑顿把它前后摇来摇去。仿佛为一个普遍的冲动所激励，旁观的人都退到了较远的距离，他们不会冒失地去打扰他和巴克了。

呼 唤 之 声

巴克五分钟就为约翰·桑顿赚了一千六百美元，使主人得以还清一些债务，和同伴们一起进入东部寻找一个传说中的矿藏，其历史和这个国家一样悠久。许多人去寻找过，但都没找着，有一些人去了再也没能返回。这传说中的矿藏非常令人疑惑，笼罩在神秘之中。谁也不知道那第一个发现它的人的情况，最古老的传说都追溯不到他。一开始就有一间古老的、摇摇欲坠的小屋。一些临死的人发誓说有这间小屋，以及小屋所标明的矿藏位置，还用一些小块东西作为他们的证据，而这些东西并不像北方已知的任何一种矿物。

因此约翰·桑顿、皮特和汉斯，带着巴克和其他六只狗沿一条不为人知的路向东部而去，寻找人们和狗以及他们自己以前没寻找到的东西。他们沿尤康河上游滑了七十英里雪橇，往左转入斯图尔特河，经过梅奥和迈奎斯的小河，直至斯图尔特河成为一条大河，穿过一个个陡峭的山顶——它们是这片大陆的脊骨。

他们打猎，捕鱼，在新奇的地方四处漫游，这对巴克来说真是无穷无尽的欢乐。他们有时一连旅行数周，马不停蹄；有时又这儿那儿连续扎营几周，狗到处闲逛，男人们将冻结的腐殖土和沙砾层打出一个个坑，并烤着火洗出无数盘含金的沙子。他们有时饿着肚子，有时又饱餐一顿，全看猎物多少，打猎的运气如何。夏天到来，人和狗背上都背着东西，乘筏子穿过一片片湖，并用木锯从森林里锯下木头做成几只细长的小船，颠簸着穿过一条条不知名的河流。

春天又降临了，他们经过这一切漫游之后，没发现"神秘的小屋"，却在一个宽阔的山谷里发现了一处表层含金的砂矿，金子如黄油一般闪闪发光。他们不再往前寻找了。干一天活弄到的纯金矿粉和金块值数千美元，因此他们每天都干活。金子装在驼鹿皮袋子里面，每五十磅一袋，像一大堆柴火堆在用云杉枝搭起的小屋外面。他们像非同一般的巨人那样辛勤劳动着，日子像在梦中飞快过去，而他们的财富也越的夜里注意倾听，但根本听不到那悲哀的嗥叫。

夜晚它开始在外面睡觉，一连离开营地几天。有一次它跨过了河水尽头的分水岭，往下来到一片有树林和一些溪水的地方。它在那里漫游了一周，想再次见到荒野的兄弟，但是徒劳。它一边漫游一边猎取食物，似乎从不知疲倦。它在一条宽阔的溪水里捕鱼，却在这溪边杀死一头大黑熊，因为黑熊在捕鱼时被蚊子弄瞎了眼睛，狂怒地穿过树林，显得既无可奈何，又十分可怕。即便如此，它们之间还是展开了一场恶战，巴克身上潜伏着的凶残本性最后被激发起来。两天后它回到被自己杀害的动物身旁时，发现十多只貂熊在争夺这腐坏的食物，于是将它们像废物一样驱散。

它的杀戮欲更加强烈。它是一只嗜杀成性的动物，凭着自己的力气和勇猛靠捕食那些活物生活。那些无依无靠、孤苦伶仃的活物，只能通过胜利在一个只有强者幸存、充满敌意的环境里幸存下来。由于这一切它深为自己自豪，这自豪像一种传染物进入它体内，从它的所有举动上显现出来，每一块肌肉的运动都表明这一点，它的一举一动都清楚地说明这一点，使它那华丽的皮毛更加华丽——如果有区别的话。要不是因为它凸出的口鼻、两眼上稀疏的棕色毛，和胸前正中白毛上的色斑，它很可能会被误认为是一只巨大的狼，比最大的狼还大。它从父亲圣伯纳德犬那里继承了体重的特点，从牧羊犬母亲那里继承了体形。它凸出的口鼻和狼凸出的口鼻一样，只是比任何狼的更凸出；它的头更宽阔一些，像一个巨大的狼头。

它的狡猾是狼的狡猾，野性的狡猾，它的机智是牧羊犬的机智和圣伯纳德犬的机智。这一切，加上从最凶猛的狗那里获得的经验，使它成为荒野里最难对付的家伙。它是一只食肉动物，纯粹以肉为主，正处在全盛时期，生命的高潮，全身充满活力。当约翰·桑顿爱抚地用一只手在它背上摸来摸去时，皮毛发出嚓嚓的声音，每一根毛一经接触就释放出潜藏的磁性。每一部分，大脑和身体，神经组织和纤维，都配合得非常和谐，各个部分之间还有一种完美的平衡。对于需要采取行动的目标、声音和事件，它如闪电一般迅猛。爱斯基摩狗防守或攻击的速度是很快的，而它的速度还要快一倍。同样，一个动作或声音，别的狗只看见或听到，而它早已采取了行动。它觉察、决定、反应是同时进行的。但事实上这三个动作相继而行，只是它们相距的时间微乎其微，所以好像是同时进行的。它的肌肉充满活力，能急剧地活动起来，如弹簧一般。生命如洪流一样涌遍全身，欢快喜悦，放荡不羁，似乎狂喜得要将它冲破，溢到世上各处。

它不再悠然地漫步，而是变成了一只野兽，行动神秘，走动如猫，像一个一掠而过的影子在各种阴影之间时隐时现。它知道怎样利用每一个掩蔽物，像蛇一样用肚子爬行，像蛇一样跳跃、袭击。它能从窝中捉雷鸟，趁兔子睡着时把它们杀死，腾空而起咬住逃向树上迟了一秒的小金花鼠。大池里的鱼躲闪不过它；河狸也躲闪不过它，它们筑起障碍警惕着它。它猎物为食，并非蛮横，它更喜欢吃亲自猎到的食物。它的行动中也潜伏着一种引以为乐的性质，因此喜欢去偷袭松鼠，而刚要捉到时又将它们放走，把它们吓得要死，吱吱叫着爬向树顶。

这年秋天来临，麋鹿大量增加，它们慢慢迁向南方，去那些地势更低、天气不那么严酷的山谷里迎接冬天。巴克已捕到一只半成熟的迷路麋鹿，但它渴望捕到更大、更难对付的猎物。一天，在河尽头的分水岭处它遇到了。二十只麋鹿从一片溪水和树林中穿过，领头的是一只大的雄麋鹿。雄麋鹿充满野性，是一个连巴克也难对付的敌人。它将掌状的大角前后摇晃，有十四个角叉。它那双邪恶的小眼露出凶光，一看见巴克就发出怒吼。

雄麋鹿侧面肋部靠前边一点，凸着一根羽毛箭头，这也说明了它凶残的野性。巴克过去在原始世界捕猎中获得了一种本能，凭着这种本能它开始把雄麋鹿和鹿群隔开。这可绝不是一件轻松的事。它在雄麋鹿前面汪汪直叫，跳来跳去，就是不让那些大角和张开的可怕的四蹄碰着，这些蹄子只需一下就会把它踩死。雄麋鹿无法转身躲开犬牙的袭击，因此被弄得一阵阵发怒。这时它向巴克进攻，巴克狡猾地闪开，假装不能逃掉，引诱它出来。可正当它被引出来时，有两三只小些的雄麋鹿向巴克袭击，使受伤的雄麋鹿又回到兽群里去。

野性之物有一种忍性——像生命本身一样持久固执，不知疲倦——这种忍性使蜘蛛长时间一动不动地待在网里，蛇盘绕成一圈，豹埋伏着。在捕食活物时尤其需要这种忍性，巴克此时就具有这种忍性，它一直待在鹿群旁边，阻止它们前进，惹怒小雄麋鹿，困扰带着小鹿的母鹿，把那只受伤的雄麋鹿逼得勃然大怒，不知所措。它们就这样僵持了半天，巴克越斗越勇，四处攻击，如旋风一般威胁着鹿群，牺牲品一接近同伴们就被巴克赶出来。被捕食的动物渐渐失去了忍性，这忍性敌不过捕食者的忍性。

时间在流逝，太阳从西北方沉下去（夜色降临，秋天的夜晚只有六个小时），年轻的雄鹿们回身援助它们受攻击的头儿的步子越来越勉强了。即将来临的冬天在催促它们赶到更低矮的地方去，它们好像怎么也摆脱不掉这只不知疲倦阻止它们前进的生物。此外，受威胁的不是整个鹿群的生命，或年轻雄鹿们的生命。只需要一个成员的生命，它们对此没有比对自己的觉起来，它们在讲述一个故事——一个几乎结束的故事。鼻子在向它不断描述着生命的消失经过，而它此时正在追寻着生命。它注意到林中死一般沉寂。鸟儿飞走，松鼠藏起来。它只看见一个东西——一只健壮的灰色狗，平倒在一棵灰色的死树枝上，因此那死狗好像是树枝的一部分，是木头上的木瘤。

巴克像一个幽灵悄然向前移动，鼻孔突然猛地转向一边，好像有什么力量将它抓住拉过去的。它循着新的气味来到一个灌木丛，发现了尼格。尼格倒在一旁死在那里，是爬到那儿后死去的，一支箭穿过了身体两侧。

前面一百米远处，巴克遇到约翰·桑顿在道森买的一只雪橇狗。这只狗还在路上翻来覆去垂死挣扎，巴克没停下，从它旁边绕了过去。从营地中传来许多微弱的声音，一起一伏的，像是在重复地唱歌。它以腹贴地爬到空旷地的边缘，发现汉斯趴在地上，如豪猪一般身上插满了羽毛箭。同时巴克往那间用云杉树木筑的小屋看去，脖子和肩头上的毛发直立起来，顿时勃然大怒。它凶猛可怕地大声吠叫，但不知道自己在吠叫。它终于让感情战胜了狡诈和理智，因对约翰·桑顿巨大的爱而失去了理性。

一些印第安人正围着被毁坏的木屋跳舞，突然听到一声可怕的咆哮，看见一只其模样从未见过的动物凶猛地朝他们扑来。是巴克，一只活生生的如飓风般猛烈的动物，疯狂地冲向他们进行杀戮。它向最前面一个人扑去（是印第安人的头儿），撕开他的喉，颈静脉被撕破，鲜血直涌。它没有继续撕咬这个受害者，而是就势一扑，接着又撕破了另一个人的喉。它势不可挡，就在他们中间横冲直撞，撕咬着，杀戮着，动作迅猛可怕，他们的箭无法射着。事实上，它的动作快得难以想象，印第安人紧紧挤作一团，箭射在彼此身上。巴克腾空猛冲时一个猎手把一支矛向它狠狠投去，结果刺进了另一个猎手的胸膛。印第安人惊慌失措，被吓得逃进树林里，还一边叫喊着"恶鬼降临"。

巴克的确是魔鬼的化身，他们在林中逃跑时它紧跟在后面，像对鹿一样拖垮他们。这是印第安人灾难深重的一天。他们被冲得七零八落，逃到很远的地方，一周后幸存者们才在一个低矮的山头聚拢，清点损失。巴克追得厌倦了，回到孤寂凄凉的营地。它发现皮特死在毯子里，是刚一遭到袭击就被杀害了的。约翰·桑顿拼死的搏斗在地上留下了痕迹，巴克嗅着每一点气息来到一个深池边。斯基特倒在水边，头和前脚泡在水里，它对主人忠实一直到死。池子本来就浑浊，那些流矿槽①

---

①淘洗金矿用。

抬头竖耳，有的站住看着它，有的贪婪地饮着池中的水。有一只又长又瘦的灰狼小心而友好地走上前来，巴克认出它就是和自己一起奔跑的荒野兄弟。它温和地呜呜叫着，巴克也呜呜叫着，它们鼻子碰鼻子。

然后一只瘦削的老狼走上来，它身经百战，遍体是伤。巴克嚅动嘴唇，准备吠叫，但结果和它碰起鼻子来。因此老狼坐下，对着月亮发出一声长长的狼嚎。其余的狼也坐下大叫着。巴克此时又听到了呼唤，语调清楚明了，于是也坐下大叫，然后它从角落处走出来。狼群把它围住，带着一半友好一半粗野地碰它的鼻子。领头狼发出吼声，向林中跑去，其余的狼转身跟在后面，一齐吼叫。巴克和荒野兄弟并肩跟上，同时也发出吼声。

巴克的故事可以就此结束了。没过几年印第安人注意到森林中的狼群品种上有了变化，有的头上和凸出的口、鼻上出现棕色斑，胸前有一道白裂纹。但更引人注目的是，印第安人讲述着一只跑在狼群前面的"幽灵狗"。他们害怕这只"幽灵狗"，因为它比他们还狡猾，在酷冷的冬天从他们的营地窃走东西，夺走他们的捕兽器，杀死他们的狗，向他们最勇敢的猎人挑战。

不仅如此，传说还越来越糟。有的猎人没能返回营地，有的猎人被部落里的人发现时喉被凶残地撕破，周围雪地里狼的脚印比任何狼的脚印都大。每年秋天，印第安人追踪麋鹿群迁移时，有一个山谷他们是从不进去的。当人们在火旁述说那个"恶鬼"是怎样把这山谷选为永久的住地时，妇女们便会黯然失色。

然而每年夏天有一只生物要来到这山谷，印第安人不认识它。那是一只皮毛华丽的大狼，与所有其他的狼既像又不像。它独自来到林中一片空旷地。这儿一股黄色的水从一些腐烂的鹿皮袋那里流出，再浸入地里，长长的野草生长，植物在蔓延，使阳光照不到这黄色东西。它在这儿沉思一段时间，发出一声悲哀的长嚎，之后离去。

但它并不总是孤独的。当漫长的冬夜来临，狼群捕食进入低矮的山谷时，人们便会看见它跑在狼群前面，穿过苍白的月光和朦胧的北极光，像巨人一样飞跃于它的伙伴们之前，巨大的喉部高歌一曲，唱着世界之初的一支歌——野狼之歌。

节选自《野性的呼唤》

刘荣跃　译

警，领着猎人把我从绝境中救了出来。

这一段不平凡的生活经历，为我提供了丰厚的创作素材。

我的第一篇动物小说写于1979年，那时，我在西双版纳军分区任新闻干事。有一天，过去同寨插队的一位同学来串门，告诉我一个消息，寨子里那位为土司养了半辈子大象的老象奴死了。我在农村当知青时和那位老象奴很熟，据说他听得懂大象的语言，能和大象对话，再桀骜不驯的野象，经他驯养，也会变成听话的家象。我还曾听他亲口说过，他曾因不忍心让土司锯象牙而放跑过一头大象。

报告消息的那位同学走后，我夜不能寐，老想着老象奴他养了一辈子大象，死后应当还和大象有点瓜葛，人生才算画上圆满的句号。我觉得被他放跑的那头大象应当从密林深处跑回寨子，在老象奴的坟墓前哀嚎三声，以示祭奠。想着想着，想出一篇小说来，取名《象群迁移的时候》。稿子写好后，投寄北京《儿童文学》，半个月就有了回音，编辑来信大大称赞了一番，鼓励我继续写这类有鲜明地域色彩的动物小说。

真正给我在读者中带来声誉的是《退役军犬黄狐》。

1983年春，我到关累边防连队采访。一天，上级命令连队立即派遣一支小分队，到中越边境原始森林拦截一个武装贩毒团伙。我有幸参加了这次行动。

要出发时，一只在哨所养了十年早已退役的军犬非要跟着我们一起去执行任务。这是一只衰老得快要去见"狗上帝"的老狗，脖颈和尾巴上的毛都脱落了，脸上有一条很长的伤疤，一条前腿还被弹片削掉一小截，走起路来有点瘸。大家怕它年老体衰会添麻烦，不愿带它去，就把它锁在狗棚里。没想到，我们出发三个小时后，刚来到伏击地点，这只老狗不知怎么弄的，竟然从上了锁的狗棚里钻出来，出现在我们面前！没办法，只好让它留下。

半夜，那伙武装毒贩果然出现在国境线上。战斗打响后，其他几个毒贩子都被打死或活捉了，唯独有一个毒贩子趁着天黑，滚进了几十米深的箐沟。这只老狗狂吠一声扑进了箐沟。箐沟里响起三声枪响和毒贩子的号叫。我们赶紧下到箐沟，拧亮手电筒一看，这只军犬脖子中了一枪，身上中了两枪，倒在血泊中，但还是紧紧咬住毒贩子不放。

战士们围在军犬身边唏嘘不已，军犬饲养员反反复复地念叨："别看它是不会说话的畜生，它可比人聪明，比人还懂感情！"战士们告诉我，这只军犬立过两次战功，脸和那条前腿就是被地雷炸伤的。它已退役三年，按照规定，可以回军犬学校颐养天年，终身享有伙食津贴。可它两次从军犬学校跑回哨